国际大奖小说
国际安徒生奖　英国卡内基文学奖

魔法师的接班人

THE HAUNTING

［新西兰］玛格丽特·梅喜/著
郭红梅/译

天津出版传媒集团
新蕾出版社

图书在版编目 (CIP) 数据

魔法师的接班人 / (新西兰) 玛格丽特·梅喜著；
郭红梅译. -- 天津：新蕾出版社, 2020.5 (2025.2 重印)
(国际大奖小说)
ISBN 978-7-5307-7005-4

Ⅰ.①魔… Ⅱ.①玛… ②郭… Ⅲ.①儿童小说-中篇小说-新西兰-现代 Ⅳ.①I612.84

中国版本图书馆 CIP 数据核字(2020)第 034179 号

THE HAUNTING
Copyright © Margaret Mahy 1982
This edition arranged with ORION CHILDREN'S BOOKS LTD
(Hachette Children's Group Hodder & Stoughton Limited)
through Big Apple Agency, Inc., Labuan, Malaysia
Simplified Chinese translation copyright © 2020 by New Buds
Publishing House (Tianjin) Limited Company
ALL RIGHTS RESERVED
津图登字：02-2018-333

书　　名	魔法师的接班人 MOFASHI DE JIEBANREN
出版发行	天津出版传媒集团 新蕾出版社
	http://www.newbuds.com.cn
地　　址	天津市和平区西康路 35 号(300051)
出 版 人	马玉秀
电　　话	总编办(022)23332422 发行部(022)23332677　23332351
传　　真	(022)23332422
经　　销	全国新华书店
印　　刷	天津新华印务有限公司
开　　本	880mm×1230mm　1/32
字　　数	80 千字
印　　张	6.25
版　　次	2020 年 5 月第 1 版　2025 年 2 月第 17 次印刷
定　　价	28.00 元

著作权所有，请勿擅用本书制作各类出版物，违者必究。
如发现印、装质量问题，影响阅读，请与本社发行部联系调换。
地址：天津市和平区西康路 35 号
电话：(022)23332677　邮编：300051

一辈子的书

◎梅子涵

◆亲近文学◆

一个希望优秀的人,是应该亲近文学的。亲近文学的方式当然就是阅读。阅读那些经典和杰作,在故事和语言间得到和世俗不一样的气息,优雅的心情和感觉在这同时也就滋生出来;还有很多的智慧和见解,是你在受教育的课堂上和别的书里难以如此生动和有趣地看见的。慢慢地,慢慢地,这阅读就使你有了格调,有了不平庸的眼睛。其实谁不知道,十有八九你是不可能成为一个文学家的,而是当了电脑工程师、建筑设计师……可是亲近文学怎么就是为了要成为文学家,成为一个写小说的人呢?文学是抚摸所有人的灵魂的,如果真有一种叫作"灵魂"的东西的话。文学是这样的一盏灯,只要你亲近过它,那么不管你是在怎样的境遇里,每天从事怎样的职业和怎样地操持,是设计房子还是打制家具,它都会无声无息地照亮你,使你可能为一个城市、一个家庭的房间又添置了经典,添置了可以供世代的人去欣赏和享受的美,而不是才过了几年,人们已经在说,哎哟,好难看哟!

谁会不想要这样的一盏灯呢?

◆阅读优秀◆

文学是很丰富的,各种各样。但是它又的确分成优秀和平庸。我们哪怕可以活上三百岁,有很充裕的时间,还是有理由只阅读优秀的,而拒绝平庸的。所以一代一代年长的人总是劝说年轻的人:"阅读经典!"这是他们的前人告诉他们的,他们也有了深切的体会,所以再来告诉他们的后代。

这是人类的生命关怀。

美国诗人惠特曼有一首诗:《有一个孩子向前走去》。诗里说:

> 有一个孩子每天向前走去,
>
> 他看见最初的东西,他就变成那东西,
>
> 那东西就变成了他的一部分……

如果是早开的紫丁香,那么它会变成这个孩子的一部分;如果是杂乱的野草,那么它也会变成这个孩子的一部分。

我们都想看见一个孩子一步步地走进经典里去,走进优秀。

优秀和经典的书,不是只有那些很久年代以前的才是,只是安徒生，只是托尔斯泰，只是鲁迅；当代也有不少。只不过是我们不知道，所以没有告诉你；你的父母不知道，所以没有告诉你；你的老师可能也不知道，所以也没有告诉你。我们都已经看见了这种"不知道"所造成的阅读的稀少了。我们很焦急，所以我们总是非常热心地对你们说，它们在哪里，是什么书名，在哪儿可以买到。我就好想为你们开一张大书单，可以供你们去寻找、得到。像英国作家斯蒂文生写的那个李利一样，每天快要天黑的时候，他就拿着提灯和梯子走过来，在每一家的门口，把街灯点亮。我们也想当一个点灯的人，让你们在光亮中可以看见，看见那一本本被奇特地写出来的书，夜晚梦见里面的故事，白天的时候也必然想起和流连。一个孩子一天天地向前走去，长大了，很有知识，很有技能，还善良和有诗意，语言斯文……

同样是长大，那会多么不一样！

◆自己的书◆

优秀的文学书，也有不同。有很多是写给成年人的，也有专门写给孩子和青少年的。专门为孩子和青少年写文学书，不是从古就有的，而是历史不长。可是已经写出来的足以称得上琳琅和灿烂了。它可以算作是这二三百年来我们的文学里最值得炫耀的事情之一，几乎任何一本统计世纪文学成就的大书里都不会忘记写上这一笔,而且写上一个个具体的灿烂书名。

它们是我们自己的书。合乎年纪,合乎趣味,快活地笑或是严肃地思考,都是立在敬重我们生命的角度,不假冒天真,也不故意深刻。

它们是长大的人一生忘记不了的书,长大以后,他们才知道,原来这样的书,这些书里的故事和美妙,在长大之后读的文学书里再难遇见,可是因为他们读过了,所以没有遗憾。他们会这样劝说:"读一读吧,要不会遗憾的。"

我们不要像安徒生写的那棵小枞树,老急着长大,老以为自己已经长大,不理睬照射它的那么温暖的太阳光和充分的新鲜空气,连飞翔过去的小鸟,和早晨与晚间飘过去的红云也一点儿都不感兴趣,老想着我长大了,我长大了。

"请你跟我们一道享受你的生活吧!"太阳光说。

"请你在自由中享受你新鲜的青春吧!"空气说。

"请你尽情地阅读属于你的年龄的文学书吧!"梅子涵说。

现在的这些"国际大奖小说"就是这样的书。

它们真是非常好,读完了,放进你自己的书架,你永远也不会抽离的。

很多年后,你当父亲、母亲了,你会对儿子、女儿说:"读一读它们,我的孩子!"

你还会当爷爷、奶奶、外公和外婆,你会对孙辈们说:"读一读它们吧,我都珍藏了一辈子了!"

一辈子的书。

目 录

1. 巴纳比死了   001

2. 不知去向的叔公   009

3. 在阴影中   021

4. 彩虹顶端的深红色   040

5. 野猫头鹰   051

6. 两个人的直觉   064

7.巴尼的电话　　　　　088

8.被恐惧融化　　　　　104

9.家里的黑色飓风　　　119

10.魔法师现身　　　　　131

11.不一样的接班人　　　149

12.转动地球　　　　　　159

人物关系

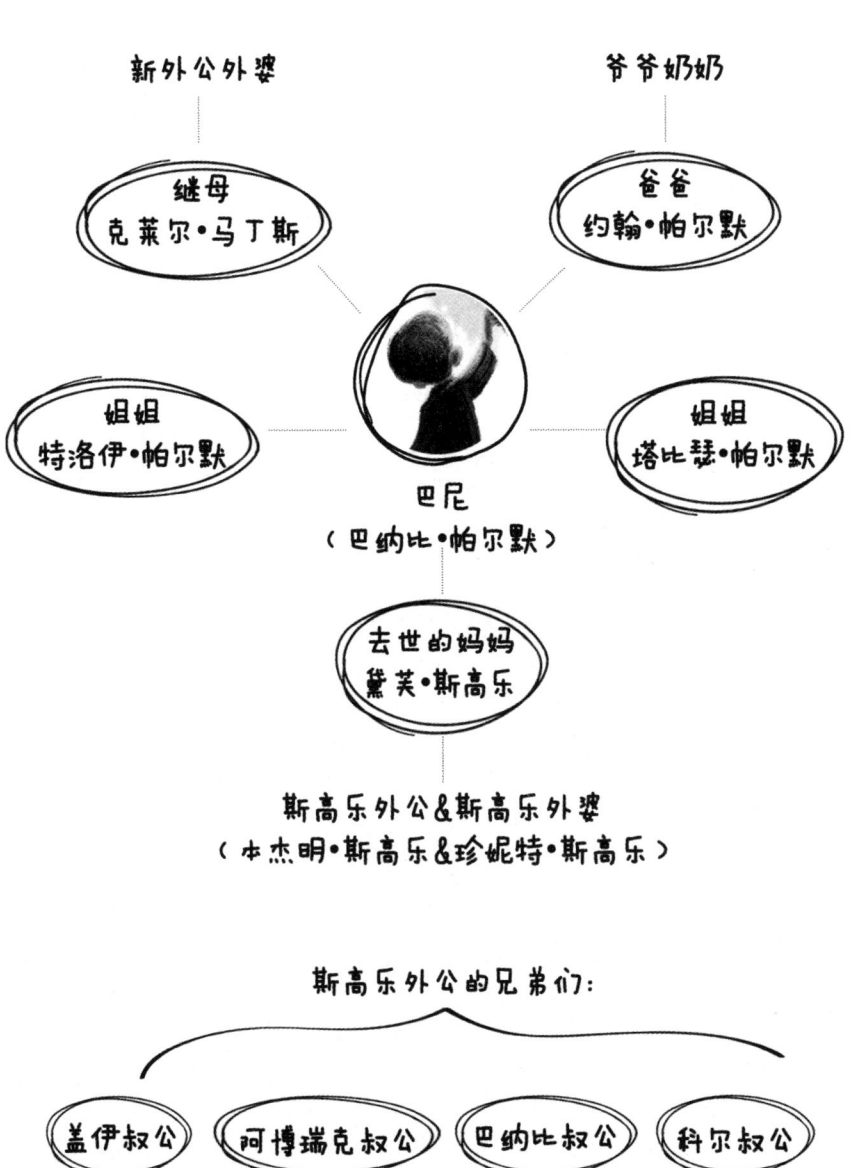

1. 巴纳比死了

在一个普普通通的星期三,巴尼忽然觉得,整个世界好像都倾斜了,正从四面八方向他压过来。他知道,他又要撞见"鬼"了。他小时候有过这样的经历,他原以为这种事就像摔倒了或是弄坏玩具后会哭闹一样,只会发生在小宝宝身上,长大以后就不会再出现了。

"还记得巴尼那几个想象出来的朋友吗?螳螂哥、嗡嗡响,还有卡斯珀?"他的继母克莱尔有时候会说,"它们走后,花园里好像有点儿空荡荡的。我还真挺想它们的。"

001

魔法师的接班人

不过,也许她其实挺高兴的,因为那几个"朋友"对巴尼来说非常真实——太真实了,以至于她无法对它们一笑置之。失去它们,巴尼难受过,可是他希望克莱尔能舒服自在地和他在一起生活。他已经不记得自己的妈妈了,克莱尔的到来实在是个惊喜。

他放学回到家时,她会拥抱他,问他这一天过得怎么样,也会告诉他她自己这一天过得怎么样;她会安排野餐,为他举办惊喜派对;他作业遇到难题的时候,她也会辅导他。在克莱尔来之前,螳螂哥、嗡嗡响、卡斯珀和其他那些幽灵与巴尼做了很久的朋友。这样看来,好像失去它们也是值得的。

可是,现在又开始了……他有些头晕目眩,微弱的耳鸣声就像是有小虫子困在了他耳道里那蜿蜒的迷宫中。巴尼抬头看着天空,想看看是否有幽灵,却只看到一大片蓝天正向他重重地压下来。他赶紧看向旁边,担心自己会被压成一个扁扁的姜饼人,还是一个穿着肥大的、平铺开的校服的姜饼人。就在这时,他看到了旁边小路上的幽灵。

一个人形正在空中慢慢显现:是个孩子,一个挺小的孩

子,大概只有四五岁,正在努力变得"真实"起来。而随着它那张古怪苍白的面孔变得越发清晰的同时,它那浅金色的、如光环般闪亮的鬈发却像烟雾似的,渐渐消失在了空气中。这个孩子微笑着,它好像看不太清楚巴尼,这让巴尼觉得自己可能才是不那么"真实"的那一个。嗯,他都习惯这种感觉了。在克莱尔来之前,他经常觉得螳螂哥它们没法儿真正地看见他或是听见他说话。后来,过了一段时间,螳螂哥变得越来越真实,可是卡斯珀还是模模糊糊、朦朦胧胧的。所以,看到眼前这个像是被什么魔法师的胶水粘在空中的、纸娃娃一样的幽灵,巴尼并不是太惊讶。

渐渐地,它变得浑圆、立体起来,看起来像个活人了,只不过身上穿着蓝色的天鹅绒套装,上衣的领口上还镶有蕾丝花边,看起来既老派又奇怪。接着,它发出了柔和沙哑的声音。

"巴纳比死了!"它说,"巴纳比死了!我会非常孤独!"巴尼一动不动地站着,他感觉世界倾斜得更厉害了,那种眩晕的感觉也更强烈了。他的头像是一颗穿在振动器上的珠子,持续不断的嗡嗡声像电流一样反复从一只耳朵传到另一只耳朵。

那个孩子好像在用巴尼的大名——巴纳比[①]，来宣布他的死亡，而且并不是来告知巴尼他快要死了，而是在正式声明：他其实已经死了。

"巴纳比死了！"它用完全一样的、轻柔沙哑的声音再次说道，"巴纳比死了！我会非常孤独！"它不只是把刚才说的话又说了一遍，而是连语调和声音的起伏都完全一样，哪怕再加上一句"这是一条录音"，也不会令你感觉有什么不合适。

巴尼也想跟它说点什么，可是你能跟一个幽灵说些什么呢？你又不能跟它开玩笑。也许可以问它问题，可是巴尼害怕幽灵可能会给出的答案。因为幽灵告诉他的，他必须得相信，可谁知道它会告诉他什么可怕的事呢。

不过反正它看起来也不像个会回答问题的幽灵。它只会说一句话，而且那句话它也已经说过了。它开始左右摇摆，像一根漫不经心的指南针在寻找迷失的北方。它的形状没变，不过晃得很厉害，飘浮在空中，看起来傻乎乎的，不过

[①] 巴尼（Barney）是巴纳比（Barnaby）的昵称。

还是很吓人。

"巴纳比死了!"它又说了一遍,"巴纳比死了!我会非常孤独!"说完,它像个陀螺一样在空中旋转起来,开始慢,然后越来越快,快到已经变成了一团模模糊糊的浅金色,还在快速地旋转着,直到连颜色都消失了,只剩下一个微小而清晰的光点,然后,才彻底消失在了空气中。

巴尼耳朵里的嗡嗡声停了下来,世界不再倾斜,时间继续前行。风在吹,树在动,汽车在轰响鸣笛。在幽灵消失的地方飘下来一团蓝色的雪花,巴尼抓到手里,发现那其实是一张撕碎了的照片的几块碎片。他从上面瞥见一截儿蓝色的天鹅绒衣袖、一片袖口上的蕾丝,还有一根粉色的手指。接着,这几块碎纸片变成了彩色的珠子,从他的指间滑过,还没等落到地上就消失不见了。

巴尼希望自己能马上到家。他甚至不想花费走过大街和转过街角的这点时间。可惜,没有近路可走。他不得不一路跑回家,他害怕自己下一秒就会被闪电击中,或是被卡车撞倒,又或者会染上什么可怕的、能把人融化的病,让他一边跑着一边就自己融化掉了。在他跑着的时候,一有些小的磕磕绊绊,他就会怀疑是不是有子弹打中了自己。他还觉得头皮很刺痒,不知道是不是头发正在变白。他都能想象出那个情景——他回到家,看见门厅镜子里的自己顶着一头白得像棉絮一样的头发,然后克莱尔会大声喊道:"巴尼,你到底干什么去了?看看你的头发都成什么样了!"他能说什么呢?"呃……有个幽灵告诉我,我死了。"那么克莱尔只会更严厉地问他:"巴尼,你又看恐怖漫画了吗?"

实际上,他回到家时,迎接他的不是克莱尔,而是他的两个姐姐。她们一边一个站在大门口——瘦骨嶙峋的姐姐特洛伊,一头浓密的黑发,高高的鼻子上面两条黑色的眉毛都要连到一起了,看起来很暴躁;还有圆滚滚的塔比瑟,棕色的皮肤,总是一张嘴就说个没完。

"你去哪儿了?"塔比瑟问,"你回来晚了,错过了我们的家庭新闻。不过没关系,我们的'家庭小说家'会让你了解到最新消息。""家庭小说家"指的就是她自己。她正在写"世界上最伟大"的小说,不过她不允许任何人读这部小说,据说要等到她二十一岁,小说出版了才行。但她老是提起这部小说,为它记了一页又一页的笔记,也老是谈论这些笔记,用

这种方式来向大家炫耀。

"我去了……"巴尼觉得自己的声音在发颤。他不能把幽灵的事情告诉塔比瑟,尤其是还当着特洛伊的面。特洛伊比他大五岁,不爱说话,对人总是摆出一副不屑一顾的样子。不过,看上去塔比瑟对他的解释也并不感兴趣,她光忙着自说自话了。

"我们全家都笼罩在哀恸的阴云之下,"她郑重其事地说,"因为我们的一位挚爱亲朋去世了。这对我的小说来说是个很好的素材,我要开始拼命做笔记了,在我认识的人当中还没有什么人去世呢。"

巴尼惊恐地瞪着她。

"不是克莱尔吧!"他脱口而出。他一直害怕或许有一天他们会失去克莱尔,尤其是她现在快生宝宝了,他知道生孩子很危险。不过,塔比瑟看上去并不是太难过,应该不是克莱尔。

"是巴纳比叔公①……姓斯高乐的亲戚。"塔比瑟说。看

---

① 见正文前的人物关系表。

到巴尼紧绷着脸,面无表情,她接着用嘲讽的口吻说道:"你肯定记得他,对不对?你的名字就是取自他的名字的。"

"我会非常孤独!"巴尼的耳边响起了一个轻柔沙哑的声音。他感觉世界又开始倾斜了。

"嘿!"在他的另一边,响起了特洛伊的声音,"你用不着难过。他年纪很大了,而且一直在生病……病得很厉害,有些日子了。"

"不是因为这个!"巴尼结结巴巴地说,"我……我以为要死的人是我。"

"孤独!"那个声音像教堂的钟声一样在他耳边回响。

"我以为……是我……"巴尼说。这时,整个世界在他眼前仿佛突然下定决心般猛地收缩起来,变成了网球大小,然后是核桃大小,直至变成了一片黑暗中的一个亮闪闪的大头针针头。一阵天旋地转之后,巴尼在自己家的台阶上晕了过去。

2. 不知去向的叔公

巴尼只晕过去了一小会儿。几分钟后,他在自己的房间里醒来,特洛伊在给他用凉毛巾敷额头,克莱尔正端着一杯水送到他嘴边,而塔比瑟站在旁边兴致盎然地看着他。这会儿,她已经从弟弟苍白无力地瘫倒在她脚边的惊吓中恢复过来了,转而将他当成了最佳研究对象。

她一边挪了几步,换了个角度仔细观察巴尼,一边对可能还在费心听她讲话的人说:"我可能再也不会有今天这样的机会了。我们家的人都这么健康,在今后十年里再有人晕倒的概率肯定是零。到那时候,我的小说都已经出版了。"

"你这个小傻瓜!"克莱尔温柔地对巴尼说,"就这么躺会儿,躺着别动。乖,你看起来已经好多了。"

她不停地忙活着,想让他更舒服点,比如给他的枕头换上了一个新枕套,把拿着笔记本、嘴里抱怨着的塔比瑟赶出了房间,还亲自去厨房给他弄了杯柠檬水。巴尼想要装得更难受一些,就为了享受这种被人照顾的感觉。这好像有点儿幼稚,可是要知道,在克莱尔来之前,从没有人对他这么体贴、这么宠爱过。所以现在,当然应该允许他得到些补偿。

不过,吃晚饭的时候,他看起来好多了,他自己也感觉好多了,所以克莱尔说,如果他愿意的话就可以起床。他起来之后,发现起来也很不错,因为克莱尔安顿他坐在最舒服的椅子上,给他盖上小毯子,端给他的晚餐也是放在托盘上的。别人都在吃肉和蔬菜,而巴尼吃的是专门为他煮的荷包蛋,黄白相间很漂亮,还配了一片厚厚的、涂满黄油的热吐司。他其实已经好了,却还享受着当病人的所有乐趣。有那么一会儿,他会忽然想起那个穿蓝色天鹅绒衣服的幽灵,然后他赶紧让自己不要去想它。这一次和他记忆中的、之前的

每一次都不一样,就算是现在,好像就在刚刚过去的某个时间的某个地方,另外一个巴尼还在那儿站着,盯着那个苍白的、微笑着的孩子,还在听着那沙哑的声音重复着奇怪的话。

"没想到我们的巴尼会晕倒!"巴尼的爸爸说,"巴尼,你肯定是在学校用脑过度了。"

"如果人们因为用脑过度而晕倒,那我就几乎不会有清醒的时候。"塔比瑟马上开始说起来,"我一直都在想啊想的,可我从来都没晕倒过,一次都没有……"她嫉妒地看向巴尼:"为什么好事总是发生在别人身上,却不发生在一个前途无量的作家身上呢?"

"如果话太多也会晕的……"特洛伊说,然后又陷入了沉默。对特洛伊来说,像这样一次说八个字已经够多的了。

"可能是因为天气热——不过也不是太热呀……"克莱尔说,"或许是因为受了什么刺激,要么就是累了……听医生的语气好像并不怎么严重。"

塔比瑟微笑着,一副居高临下的样子,好像对于晕倒这件事她比医生懂得还要多得多:"如果人们忽然听到坏消息,应该会晕倒……如果他们眼睁睁地看着自己的女朋友被害,或者是丢了钱什么的,应该也会晕倒……但巴尼没有女朋友——据我们所知没有——他也没有多少钱,因为我知道他把钱放在什么地方,我上星期数过,那点钱还不至于会让人晕过去……也不会是因为叔公去世……会吗?我的意思是,巴尼跟他又不熟。"

"巴尼是个敏感的孩子。"克莱尔若有所思地说,"可是他说,他以为是他,他以为那个巴尼指的是他自己——那个死了的巴尼……是吧,特洛伊?"

"是的。"特洛伊一边说着,一边盯着巴尼看,仿佛他是个谜语,而她这样盯着他就能盯出谜底来似的。

"他说的这句话可真奇怪。"塔比瑟说,"他说'我以为是我',说了两次,然后他就倒下去了……我已经把你说的话记在笔记本上了,巴尼,我可能过会儿得让你在上面签字,就是为了留个证据。你不会介意的,对吧?"

"说真的,塔比瑟,你的小说越早写出来出版越好。"看到巴尼被那些话弄得有些不自在,克莱尔干脆地说道,"不要再说巴尼晕倒的事了。他现在好多了——这才是最重要

的。"

"好吧,那咱们说说葬礼吧。"塔比瑟马上说道。

巴尼仰坐在大大的椅子上,感觉舒服多了。他无法解释那个幽灵是怎么回事,也无法解释幽灵一再重复的那句话,没人会相信他,他自己也不愿意去回想。为了尽快把这件古怪的事忘掉,他转而看向他的家人,欣赏着他们的普通与平凡:他的爸爸约翰,是个高个子的秃顶男人,他担心地瞥了巴尼一眼,当他们的目光相遇时,他咧嘴笑了;克莱尔,一头金发用蓝色的丝巾系在脑后,正面容慈祥地望着坐在餐桌旁的家人;胖胖的塔比瑟,一头金棕色的头发;还有皱着眉头的特洛伊,她好像总在她自己的风暴中徘徊,在跟其他人看不到的暴风雨抗争着。巴尼的家人,他们不会变化,不会飘浮在空中然后消失,他们老老实实地待在那里,而且永远是他们自己。

"我们能去参加叔公的葬礼吗,爸爸?"塔比瑟问,"我从来没参加过葬礼。学校是允许我们请假去参加葬礼的。而且我向你保证,如果我能去的话,我绝对不会当着别人的面做笔记的,我会坚持到回家再写的。"

魔法师的接班人

"不行!"爸爸态度非常坚决地说,"我可能会去,你们其他人没必要去。不过,我想我们周末的时候,比方说明天下午,应该去看看斯高乐外公外婆,当然还有太外婆……"

"我不同意!"塔比瑟马上喊道,"去看太外婆简直就像去看女巫,一个没有了魔法可还是一样恶毒的女巫!我们还是待在家里,只给他们寄张卡片好了。"

"塔比瑟,这么说可不太好。"克莱尔责备道。

"反正我就是不喜欢她。"塔比瑟争辩说,"去看她就像喝一大杯'提神醒脑'的醋!"

巴尼、塔比瑟和特洛伊有爷爷奶奶,还有两个外公和两个外婆。爸爸的父母,也就是他们的爷爷奶奶,姓帕尔默,孩子们和他们很熟,每年圣诞节和新年都会去看望他们。克莱尔的父母姓马丁斯,是孩子们的新外公外婆,他们差不多每个星期都会见面,生日派对更是不会落下他们。除此之外,还有另外一门亲戚,那就是斯高乐外公和外婆,他们是孩子们去世的妈妈黛芙的父母。斯高乐家还有几位叔公——盖伊叔公、阿博瑞克叔公和巴纳比叔公,巴纳比叔公就是刚刚去世的那一位。而斯高乐太外婆,是个十分可怕的老太太,

像个瘦小的巫婆,身体虚弱却态度强硬。

"等你们开始跟她熟悉起来,会发现她很可能是个挺好的人呢。"克莱尔态度坚决地说。

"她才不是呢!"塔比瑟兴冲冲地说道,"我愿意去看斯高乐外公外婆,他们人很好。可是我受不了太外婆,她的两只小眼睛凶巴巴的,还满脸都是皱纹。"

"她又没办法不长皱纹。"爸爸说,"她实在是太老了,都快九十岁了。"不过听口气,他好像并不介意听到塔比瑟吐槽太外婆。

"我不介意她满脸皱纹,"塔比瑟说,"只是她的每条皱纹都气哼哼的。她就像一堵墙,墙上胡乱写满了愤怒的脏话。"

巴尼也是这么想的,不过他没作声。在克莱尔嫁给爸爸之前的那几年里,巴尼已经养成了沉默的习惯,尤其是在塔比瑟好像一定要占用所有说话时间的时候。可能特洛伊也是因为这个原因才这么沉默。

"我应该从来没见过她……"克莱尔若有所思地说,"这么说的话,应该也没见过那几位叔公——哦,只匆匆见过一面——所以我无法评论。"

"我有一张,"特洛伊说,"一张照片,是叔公们的。"

"那张照片!"爸爸看起来很高兴,"特洛伊,好找吗?快去拿来。"

有那么一会儿,特洛伊看上去好像要争辩什么,不过她很快就站了起来,穿过走廊走去她的房间。当她回来的时候,手里拿着那张照片。

爸爸把照片递给克莱尔看。"这是他们的外公。"他说,"还有本叔公、阿博瑞克叔公,对吧?"

"是盖伊叔公。"特洛伊纠正他说。

"好吧,是盖伊,他是个医生。那么……这一个肯定是阿博瑞克叔公,这一个是巴纳比叔公。"

"这个年纪小的是谁?"克莱尔问道。

爸爸看着照片上唯一没给她介绍的那个人,有些迟疑不决。

"我不记得他的名字。"他说,"他死了,起码我觉得他已经死了。他长大后成了害群之马,离家出走了,然后再也没人听到过他的消息。好像是这么回事吧。"

塔比瑟高兴坏了。

"这神奇的一天!"她感叹道,"一切本是那么无聊、无聊、无聊,然后突然有人死了,然后有人晕倒,然后又有一个不知去向的叔公!我都不知道我们还有一个叔公!你知道吗,特洛伊?也许他根本没死,而且特别有钱,也许某一天他会突然出现,带来好多礼物。他甚至可能是个百万富翁!小说里都是这么写的。"

"他这个人有些怪怪的。"爸爸若有所思地说,"就是那种……你们知道,不能说的事……也确实没人说过,所以我也没弄清楚到底是哪里怪。我觉得黛芙也不知道。反正不是不光彩的事,也不是传染病或遗传病……就是很神秘。"

"他应该没有什么不光彩的、会遗传给你们的东西。"克莱尔仔仔细细地看着照片,"不过,确实有人遗传到了点什么。他看起来很像我们家巴尼。或者说,巴尼看起来很像他。"

"巴尼看不见!让巴尼看看!"塔比瑟"体贴"地大声叫道,"看哪,巴尼!看看外公和他的兄弟们,还有那个离家出走不知去向、奇怪又神秘的、新的小叔公。他没有什么不光彩的毛病,也没有传染病,只是长得和你很像。"

巴尼并不怎么想看。他不得不强迫自己伸出手,小心翼翼地接过那张照片。

照片上是四个高个子年轻人和一个男孩,巴尼仿佛可以看到叔公们苍老的面孔像鬼魂一样浮现在照片中他们年轻时的脸上。

巴纳比叔公——巴尼的名字就取自他的名字,他望着照片外的巴尼,脸上带着五十五年前的微笑;盖伊叔公、阿博瑞克叔公,还有外公,他们的脸上都挂着疲惫而耐心的微笑,和他们现在的微笑一模一样;最小的那个叔公眼睛看向旁边,站得也离其他人远一些,像是拍摄前最后一分钟才随随便便站过去的,而摄影师也不太在意他是不是看着镜头。

巴尼长长地舒了一口气。他本来有些害怕自己会"认出"这个没见过面的叔公,好在并没有。也许这个叔公长得并不像自己,他不太确定。不过有一件事他很确定:他没穿天鹅绒的衣服,也没有一头浅金色的鬈发。

"不知去向的叔公!"塔比瑟还在说着,不愿意放走这种兴奋的感觉,"太棒啦!"

"我看不出有什么好棒的。"爸爸反对道,"我们谁都不可能会见到他。"

"可起码他在照片上啊。"塔比瑟说道,"我们都是很普通的人,有汽车、割草机什么的。但我希望生活能更神秘一些。妈妈没跟你说起过他吗?什么都没说过?你连一件事也记不起来吗?"

"除了我告诉你们的,什么都没说过……"爸爸想了想,又说道,"不,等一下,我确实记得有一回,我问她这伙计是怎么回事。黛芙大笑着告诉我,他的脑子里有一块金子。你自己去琢磨这话的意思吧。"

显而易见,塔比瑟会琢磨出很多意思来。

"棒极了!"她大声说道,"克莱尔,我就记一条笔记行吗?免得我忘了。"

"你忘不了。"克莱尔揶揄道。

"我喜欢把事情记下来。"塔比瑟咕哝道,"这样就能永远记住了。"

那天晚上,当巴尼躺在床上的时候,他没有想那些叔公们,不论是过世的、活着的,还是不知去向的,也没有想那个幽灵,他觉得自己的脑子里正在发生什么奇怪的事,像是有什么东西在搅动、在打开,像是一只蝴蝶在挣扎着摆脱它的蛹,在努力地展开它皱巴巴的翅膀。

一幅画面在努力地形成,一张脸在努力地显现出来……可只要巴尼一睁开眼睛,它就消失了;而当他再次闭上眼睛,它就又出现了。

这次,巴尼并没有惊恐不安。他不觉得头晕,耳朵里也没有嗡嗡声,穿蓝色天鹅绒衣服的幽灵要出现时的那些征兆都没有,感觉更像是在真正睡着之前做的那种梦。他看着那张脸挣扎着来到他面前,觉得它好像让自己想起了某个人,可是他又想不起来那个人是谁。

在他进入梦乡之前,一个轻柔的声音响起了,轻柔得就像一只手在抚摸着他耳旁的枕头。

"你在吗?"它问,"巴纳比,你在吗?"

那声音非常微弱遥远。巴尼没有回答。他合上眼一动不动,仿佛那声音只不过是在他梦境边缘游荡的人或动物发出来的似的。

3. 在阴影中

第二天,天空是纯净祥和的蓝色,空气温暖清新。夏天的风闪着轻柔的微光,在黄色的山谷间穿过。真是美好的一天。

巴尼在还没完全醒来之前就已经感受到了周六的气氛。昨天晚上做的梦他已经忘了,当然,碰到幽灵这事就像记忆中的一块淤青,依旧还在。他迅速回想了一下,只是想回顾一下当时的感觉。那感觉并不怎么好。不过,这就像在学校度过了倒霉的一天,已经过去了,便只能下决心忘掉。

当他出来吃早餐的时候,克莱尔把他上上下下、仔仔细细地看了看,然后笑了,所以他知道自己看起来肯定已经没事了。克莱尔把头发梳成了一条长长的麻花辫,很好看。不过巴尼更喜欢她把头发盘起来,那样看起来更像一个妈妈,而麻花辫让她看起来更像是这个家里的另外一个姐姐。说到姐姐,塔比瑟正在说话,告诉她自己还有其他感兴趣的人,她周六准备干些什么。

"首先,干活儿!整理床铺、打扫房间这一类的事,"她宣布道,"然后……去游泳池!除去中午回家吃午饭的时间,我想我差不多会在那儿待上一整天。不过,克莱尔,如果我带上一个馅儿饼,带些薯条和可乐,中午就待在那里,是不是对你来说更简单一些呢?"

"会发胖的!"特洛伊看着塔比瑟圆圆的脸盘儿和胖胖的胳膊说道。

"如果我自己不在乎发胖,我不明白为什么其他人要替我在乎。"塔比瑟快活地回应道,"何况馅儿饼也有营养——有维生素之类的,是吧,克莱尔?"

"蛋白质。"特洛伊说,"只有一点点蛋白质,没有别的

了。而可乐除了钠和碳水化合物更是什么都没有。"

"特洛伊说得对。"克莱尔说,"反正你也必须得回家来,塔比瑟。今天下午我们要去看斯高乐家的外公外婆,因为巴纳比叔公去世了,我们得去慰问一下。"

"哦,不要吧!我们非得去吗?"塔比瑟的脸皱成了一团,看起来很痛苦,"他们是挺好的,我也喜欢他们,可是他们就像纸片人,不知道你明不明白我的意思!"

"塔比瑟,你怎么都要去的!"克莱尔回答说,"你这样很没有礼貌。听着,他们是你的外公外婆,巴纳比叔公是你的叔公,是外公的亲弟弟。"

"这个理由不够充分!"塔比瑟反驳道,"强迫我们浪费整个周六下午的时间就为了礼貌,这个理由不充分!"

"他们喜欢见到我们。"特洛伊说。

"他们肯定是疯了!"塔比瑟叫道,"我们没有一个好看的!你太瘦,我太胖,巴尼就像我们在哪儿都能看见的一条普通的棕毛狗,更没什么特别的!你比我认识他们时间长一些,对你来说当然不算太浪费时间。"塔比瑟一边往吐司上涂抹着橘子酱一边烦躁地说道:"要不你和克莱尔、爸爸,还

023

有巴尼一起去,我自己待在游泳池练练跳水怎么样?这算是五分之四的礼貌了,足够了!"

"塔比瑟!行了!你知道你必须得去。"克莱尔说,"别再争辩了!我昨天晚上打过电话,说我们都会过去看望他们。我不想让他们觉得我想把你们据为己有。你们知道,你们也是他们的孩子。"

"可这只是偶然事件。"塔比瑟抱怨道,"成为家人全凭偶然。我的意思是……看看我,再看看特洛伊,真是截然相反!而且……"

"塔比瑟!"克莱尔大声说道,"我不想对你这么严厉,但我们所有人——我重复一遍,是所有人——今天下午都要去看望斯高乐外公和外婆!现在让我们换个话题吧。巴尼,你今天早上很安静。"

"有塔比瑟在,我插不上嘴。"巴尼回答,"每次我刚要说什么,嗯,她就已经开口了。"

"你也从来没有有趣的事要说呀!"塔比瑟马上反驳道,"你看,你年纪不小了,会说话了,可还是没什么头脑。你长到现在只有五次有趣的时候——不,加上昨天是六次,还有……"

特洛伊用指关节敲了敲塔比瑟的头。

"闭嘴!"特洛伊说。

塔比瑟没再继续说下去,但她咧嘴笑着,像是对自己非常满意,尽管并没什么理由能让她这么觉得。特洛伊站在她身后,看着巴尼,冲他晃动着一块吐司皮,表示自己和他是一伙的。巴尼挥动了下汤匙向她致谢,但其实心中十分好奇,想知道自己一生中另外五次让塔比瑟觉得有趣的时候,到底是哪些事。

下午,在家梳洗打扮了一番并发誓他们会好好表现之后,瘦瘦的特洛伊、胖胖的塔比瑟和棕色头发、害羞的巴尼被一路催促着来到了外公外婆家。

客厅里铺着蓝色地毯,摆着刻有花卉图案的椅子,挂着花窗帘。人们把这里挤得满满当当。盖伊叔公和阿博瑞克叔公当然都在,他们鹤立鸡群,像优雅的蜀葵一样摇晃着。还有一些年长的家族亲友,帕尔默一家都不认识。而坐在最宽大的那把椅子上的是斯高乐太外婆,时光在她脸上刻画的皱纹比巴尼记忆中的更深、更多了。她看上去十分整洁,太整洁了，简直就像个被从博物馆的玻璃盒子里拿出来、专门为这个场合而摆放展示的古董人偶。不过，她的目光锐利，看上去充满敌意。她的皱纹也并不整齐，甚至有些乱七八糟的，仿佛时间在她脸上漫不经心地玩过画圈打叉游戏。

外公外婆和叔公们很高兴见到他们，这一点毫无疑问。他们慈祥而伤感地看着帕尔默家的孩子们，他们的亲吻如同干爽的夏季微风轻拂过脸颊的感觉，与其说是被人亲了一下，倒不如说更像被树亲了一下。可太外婆亲他们的时候，就好像那是一件不得不做的、让人反感的事。她在他们每个人的额头中间冷冰冰地碰了一下，嘴里说出的每一句话都不讨人喜欢。

她抬头看着特洛伊，特洛伊的脸就像一栋空房子，窗户紧闭，大门紧锁。"没必要阴沉着脸，特洛伊。"她说，"在这样的时候，伤心是合情合理的，可是闷闷不乐是不能被接受的。"然后，她看着塔比瑟说："天哪，你长胖了！克莱尔，这孩子应该严格节食，让她长这么胖可不好。"

塔比瑟转过身，翻了个白眼，这使得旁边的人又想笑，又得尽量掩饰着自己的笑意。

The Haunting

"黛芙的孩子!"太外婆指着巴尼对身后的一个人说。

"也是爸爸的孩子!"巴尼开口道,"还是克莱尔的孩子!"他不会让这个巫婆一样的太外婆把克莱尔排除在他的生活之外,他也不想只属于那个陌生而神秘的、已经过世了的妈妈。

"黛芙生这个孩子的时候死了。"太外婆继续对身后的人说道,好像巴尼并没开口说过话。然后,她终于好好地看了看他。她的眼白发黄,棕色的虹膜颜色很深,让人看不清她的瞳孔。

"希望你最近一直都是个乖孩子。"

"他很乖。"克莱尔说,"特别特别乖!"

"有点儿太乖了!"塔比瑟终于找到了一个可以发表意见的机会,大声说道,"虽然他乖主要是因为安静。人们都觉得小孩子乖和安静是一回事。"大家都转过头来盯着她,听她说话。她很享受这种感觉。

"这个孩子的舌头可不是遗传斯高乐家的人。"有人大笑着说。

"就好像那天,"塔比瑟很快地说道,"听说巴纳比叔公过世了,巴尼当时就晕倒在台阶上了。他可不是生病了什么的,就是多愁善感,就像电影里演的那样。"

"塔比瑟!"克莱尔警告道,"对你来说,乖和安静确实是一回事,相信我!"她说着,使劲把塔比瑟从扶手椅旁边拉了回去。

太外婆还在看着巴尼,可她的凝视有了些变化,那目光中多了些机警,就像一只猫看到阴影中有什么动静,忽然被吸引住的那种机警。她的嘴微微噘起,嘴唇边布满了皱纹。

"母亲,"外公叫道,"我们给您倒杯茶吗?珍尼特①刚泡了一大壶。"

老太太轻轻叹了口气,转过头不看巴尼了。

他可以走开了。

外婆和盖伊叔公走过来,问塔比瑟是否愿意帮忙把三明治和蛋糕分给大家。

"我不得不说,您婆婆说了些令人沮丧的话。"克莱尔对外婆说道。克莱尔虽然微笑着,可是巴尼看得出来,她有些

---

①外婆的名字。

生气了。"她怎么能在巴尼面前说那样的话呢？说他妈妈是生他的时候死的……这可能会让他非常心烦意乱，特别是他知道我很快也要生宝宝了……"

"她有时候确实很……很刻薄。"外婆带着歉意说道，"我想，她是认为说好话是软弱的象征，她所有记忆中的事好像也都是些不好的事。可是，我们又能怎么办呢？她这么大年纪了，八十八岁了，你总不能也同样对她不客气吧？"

"我能。"特洛伊说。她说完就慢悠悠地走开了，走到房间里一个没人注意的角落，靠在了墙上。

"盖伊叔公！"塔比瑟叫道，"我想了解一点儿……您知道而我不知道的事，家里的事。"

"我尽我所能回答你。"盖伊叔公说，并给了她一个令人意想不到的、害羞而又热切的微笑。

"嗯，我们偶然发现，我们还有一个叔公，一个没听说过的叔公。他在照片上，站在最外边，可是我们不知道他的名字，甚至都不知道他是不是还活着。您能告诉我吗？"

"可以……"盖伊叔公说，然后有些无奈地看着克莱尔，"只要你们不在太外婆面前提起他……"

"说慢点,我好记笔记!"塔比瑟满怀希望地说,并已经伸手要去摸笔记本了,但是克莱尔拦住了她。

"亲爱的塔比瑟,"她说,"不能记笔记!我不希望你们的太外婆觉得我带大的孩子没礼貌,我觉得她肯定会挑剔你记笔记这事的。"

塔比瑟叹了口气,不过还是听话地垂下了手,然后热切地盯着盖伊叔公。

"他叫什么名字?"她问。

"珍尼特,你觉得呢?"盖伊叔公问外婆,"应该可以说吧……"

"科尔。"外婆告诉塔比瑟,"他叫科尔,他是你巴纳比叔公最喜欢的弟弟。"

"煤炭①?"塔比瑟大叫道,"煤炭,就是……就是烧火用的煤炭吗?"

"科尔,是老国王科尔的科尔。"外婆说。

盖伊叔公接过话茬儿:"他很小的时候就离家出走,之

---

① "科尔"和"煤炭"在英语中发音一样。

后在流向南方的一条河里溺亡了。这是很多年以前的事了,我们已经很久没有提起过他了。"

"可能他是跳河自杀。"塔比瑟说。像往常一样,她总想让生活更有戏剧性,更让人惊慌害怕。

"也许吧……"令人吃惊的是,盖伊叔公没有否定她,"我们永远都不会知道了。他确实不快乐,不过,塔比瑟,如果你不介意,我不想细说他为什么不快乐。"

"是的,塔比瑟,够了。"克莱尔说,"你确实……你真的确实太能说了。"

塔比瑟冲外婆咧嘴一笑。

"我知道我爱说话。"她说道,"大家老是嫌我说话太多,不过我真的不是有意的。今天我本来想像特洛伊那样躲起来不说话的,可是有那么多的句子和词汇,总要有人去用,不然的话,它们可能就会生锈、发霉什么的。"

"克莱尔,我喜欢听她说话。"外婆说道,"我又没多少机会听她说。跟我来,塔比瑟,帮我准备下午茶,还可以跟我说说你的笔记本。"

"我来招待巴尼。"盖伊叔公主动要求说,"巴尼,如果你愿意的话，那把椅子后面有一小块地方，你可以先一个人在那里待会儿。"他一边说着，一边带着巴尼向房间那边走去。他个子很高，弓着背，从人们身边挤过去时像只正小心翼翼地从河口走过的苍鹭。

"我给你拿几本书来。你的茶要加奶吗？还是你更喜欢喝橙汁？"

"谢谢，喝茶吧。"巴尼说。尽管他喜欢橙汁的味道，可他也喜欢茶带给他的暖暖的感觉，而且他觉得，喝茶能让自己更像个大人，也更能显示出他对那位和他同名的、已去世的叔公的敬重。

"加糖吗？"盖伊叔公问完，又自言自语道，"加，当然要加！我再给你拿一大块你外婆做的橙子蛋糕。"

巴尼坐在那个小空间里，研究着离他最近的几个膝盖。爸爸和阿博瑞克叔公在跟太外婆聊天儿。特洛伊站在他们后方。她把自己包裹在一个沉默的世界里，身子靠在墙壁上，目光扫视着整个房间。她的眼睛里好像藏着狂风暴雨，在她那黑魔法般的注视下，花窗帘竟然没有疯狂地飘动起来，画也没有从钩子上掉落下来，可真算是奇迹了。塔比瑟

和克莱尔不知道去哪里了。

书拿来了,除了一本很大的书,其他都是些很旧的书,字都印得很小。那本大书其实是一本剪贴簿,里面贴满了老照片、明信片、展开铺平的烟盒,还有从久已无人问津的杂志上剪下来的风景画。巴尼翻开了一页。"在加拿大伐木度假营。"他读道,在这个标题下面是几张暗褐色的老照片。

盖伊叔公把一杯茶和好大一块蛋糕放在他身边:"巴尼,我一会儿回来找你。"说完,他就去和一个家族的朋友谈事情去了。巴尼觉得有些孤单,他心不在焉地看着大家,任凭自己思绪翻飞。

有时候,他觉得自己的脑袋里有一座山,山上有很多条弯弯曲曲、上上下下的路。他的想法就像不同颜色的车在山路上拐来拐去,有的在向前进,有的在往后退,平时看不到它们,但到了一定的时间就会在某条特定的路上出现。他对幽灵的担心出现在那里,他对家的幸福感觉也出现在那里。但有时,一个想法会突然从一道沟壑,或是一片树林里冒出来,把他吓一大跳,因为他并不知道它在那里——比如,如果你妈妈生你的时候死了,那是不是会让你在某种程度上

魔法师的接班人

成了一个杀人犯呢？即使这事你并不记得，而且对此也无能为力；还有，生孩子是不是真的很危险呢？巴尼深深叹了口气。有时候，想法就像个小型车队，一个想法接着另一个想法地出现。他不想念自己的亲生母亲，这听上去有些不近人情。他希望自己能有点儿想她。可是，去想念一个你并不认识的人确实很难，而且，如果她还活着，他就永远不会有克莱尔这个妈妈了，他也不认为他的亲生母亲会比克莱尔更好。巴尼坐在那里，看着加拿大伐木度假营的那些暗淡的照片。其实他并没真的在看。在他脑袋里的那座山上，上上下下地闪过很多想法。它们出现，然后又消失，消失在洞穴里，消失在黑乎乎的森林中，消失在某个急转弯的地方。

不知怎么回事，他也不太清楚自己是怎么察觉的，反正巴尼意识到斯高乐家的亲戚们正在看着他。他抬起头，目光与阿博瑞克叔公的黑色眼眸相撞。他往旁边看去，发现外公和盖伊叔公也都在注视着他，三张脸上都带着那种充满了探究意味的机警，正是太外婆听说他昨天晕倒了的时候，那布满皱纹的脸上曾出现的那种表情。巴尼非常难堪，他低下头，想要忘掉那些像路一样拐来拐去、让人不舒服的想法，可他刚看向手中的剪贴簿，昨天充斥他耳中的那种微弱的嗡嗡声又响了起来。他抬起头。他们还在看他。他讨厌别人看他。巴尼开始拼命翻书页，嗡嗡声差不多完全听不见了，但他知道它其实还在。那声音非常非常轻，即使他听不到，也能感觉到它还在。他又翻了一页，在他眼前，就在这本旧剪贴簿里，那个穿蓝色天鹅绒衣服的男孩又出现了。这一次，他的鬈发没有像烟一样消失在空中，而是牢牢地印在相纸上。他的嘴微微张开，仍然像昨天那样微笑着。照片上依旧有蕾丝领口和粉色的手指，可那不是幽灵，而是一本褪色的旧剪贴簿里的一张褪色的老照片。

"看什么呢？"塔比瑟走过来站在他身后，俯身在他头顶上方说，"你从哪儿弄来的？"

此时，在这一页的顶部，出现了一些字——非常清楚，是花体字，有一只看不见的手正在写着。巴尼眨了眨眼睛。他没看错，是在写！一只看不见的手握着一支看不见的笔在专门给他写一段信息！而在所有字都写出来之前，他就已经猜到那会是什么了："巴纳比死了！巴纳比死了！我会非常孤独！"接着，那支隐形的笔在这些字周围画了一个对话框，并把它指向了那个穿蓝色天鹅绒衣服的男孩的嘴巴。然后,就没有别的了。巴尼等了一两秒钟后,尽管不太情愿,可是想知道真相的他还是伸出一根手指摸了摸那些字——墨迹晕开,墨水还没干。他颤抖着合上剪贴簿,把它推到了一边,但他推得太用力了,弄翻了他的那杯茶,茶水全都洒在了外婆家的蓝色地毯上。

"哦,巴尼!"克莱尔不知从哪儿走了过来,大叫着,"你这是干了些什么呀?塔比瑟,拿块抹布来,快!"

可是塔比瑟正盯着巴尼,嘴巴张得大大的。

"你看见了吗?"她大声对克莱尔说,"你看见发生了什么吗?巴尼没动那本书,就在上面写了句什么话!他没用笔也没用什么别的东西,字就出现了!就像魔法一样!"

"别跟我说什么魔法!"克莱尔跪在地上,用手绢擦着地毯,"抹布!谁能给我块抹布!哦,谢谢,珍尼特,真是太抱歉了。"

"他没碰那本书,就只是看着!"塔比瑟喋喋不休地说,"我只在电视上见过这样的事。"除了盖伊叔公和太外婆可能在听,其他人的注意力都在泼洒的茶水上,没人关心塔比

瑟嚷嚷的什么魔法。

巴尼从克莱尔的脚下救出了那些书,把它们摞起来,剪贴簿放在最上面。很多年前写在封皮上的名字还能辨认得出来——字是干的,笔迹很淡,也很幼稚,不过那些花体字母看起来有些熟悉——科尔·斯高乐。巴尼一点儿都没感到惊讶。他知道会是这个名字。那细小的嗡嗡声又跑回他耳朵里来了,响了一秒钟后,又安静下来。这一次不是等在那里,是真的消失了。

"我们真的该走了。"克莱尔和外婆讨论完茶渍的话题,抬起头说道。特洛伊从墙边直起身子,克莱尔把塔比瑟和巴尼招呼到她跟前。他们跟外公、外婆、叔公们以及太外婆说了再见。太外婆缩在椅子里,什么话都没说,不过眉眼间和嘴角都带着怒气。在他们离开之前,她出人意料地对塔比瑟开口道:"我听见你说的话了。我觉得,现在你年纪也不小了,不应该这样卖弄,靠讲些愚蠢的故事来让人觉得你很有趣。"

"那不是故事。"塔比瑟说。所有了解她的人都能看得出来,她这一次不是在卖弄。她有些困惑,甚至还有点儿害怕。

"是真的！我总是说真话的,是吧,特洛伊？这事让我觉得不对劲。"

"她是在说真话。"特洛伊说道,"最好像我一样,只说谎话。"

这对任何人来说都是句很奇怪的话,从一向沉默寡言的特洛伊口中说出,更是格外奇怪。但太外婆好像没注意到这句话有多奇怪,她根本都没听特洛伊说话,而是一直看着巴尼,简直就是在对他怒目而视。然后,她用她黑黑的瞳孔看向克莱尔和约翰。

"你们得看好这个孩子。"她说,"他是那种靠不住的人。我们家原来有过这样的人,他们给其他人带来了很多麻烦。"

"这说的叫什么话嘛！"在大家都坐进车里,向家的方向驶去后不一会儿,克莱尔大声说道,"哦,天哪！我总是希望你们在别人面前表现得体,这样人们就会知道我是个不错的继母。可是她太过分了！我不在乎她已经八十岁还是一百五十岁了,她不应该对一个小男孩这么说话,尤其不应该当着这么多人的面说！你不是个靠不住的孩子,巴尼,别把她

的话当回事,虽然你笨手笨脚地弄洒了茶水。"

"她不是在说茶的事,我觉得不是。"特洛伊烦躁不安地说。巴尼看着她,惊讶地发现在她紧皱的黑眉毛下面的眼睛里,突然闪过了一丝机警,与太外婆脸上的那种神情,与外公和叔公们看他时的那种表情,与一只猫看到阴影中隐约有什么在动时的神态如出一辙。

4. 彩虹顶端的深红色

"你有什么地方不对劲。"塔比瑟说着,溜进了巴尼的卧室。"我可以进来吗?"她补了一句。反正她已经进来了,也不可能再被赶出去。

"没什么不对劲。"巴尼说,假装自己正在认真地看书。

"有!"塔比瑟坚持道,"你别忘了,我看见了!那些字是湿的,而那附近根本没有钢笔和墨水。"

"你肯定是做梦了。"巴尼说,还是没看她。他觉得,如果自己不看她,她或许就会走开。

"不,我没做梦!"塔比瑟生气地大叫道,"我看见了!那些字就像毛毛虫一样从那页纸上爬过去了。我不会弄错,反正不会出这种错。我只需要闭上眼睛,就能非常清楚地再看见一次。快点儿,巴尼!告诉我吧,求你告诉我吧。"

巴尼把自己埋进几个枕头中间。"你可真是个'包打听'。"他咕哝着,"你肯定会把我说的话记下来,再写进你的小说里的。"

他不想跟塔比瑟讲他遇到的那个幽灵,然后在明天吃早餐的时候听她对这件事品头论足,发表一通她自己的理论,让这件事莫名其妙地变成了她的故事。那太诡异了。因为那个幽灵真的吓到他了,他到现在都仍然很害怕。所以他不想让它变成塔比瑟笔记本里的另一条笔记。他本来很愿意告诉克莱尔,可是他也知道,她是最不该知道的那个人。

塔比瑟坐在床沿上,仔细审视着他,好像他是什么珍稀物种。

"我知道我爱打听,"她温和地说,"可我就是忍不住。秘密就像窗外叽叽喳喳的鸟叫声,我知道应该随它们去,可我还是会忍不住为了它们心烦。如果有什么事不对劲,我也许能帮上忙……我有时候还是挺有用的。所以,有什么事不对劲吗?"

看着塔比瑟的圆脸庞和蓬松散乱的鬈发,巴尼忽然觉得她能让人恼火,可也能让他感到心安。他必须得把他遇到的那个幽灵说给谁听听。塔比瑟那么爱说话,说不定她也很擅长倾听呢。

"如果我告诉你,"他说,"你能保证不告诉别人吗,尤其是克莱尔?"

"为什么不能告诉克莱尔?"塔比瑟狐疑地问,"你做错什么事了?如果做错了也不用担心,克莱尔挺好的。她是会唠叨两句,但她总是会站在你这边。你连这个都不知道吗?"

"我知道她会。"巴尼说道,"这就是为什么,我的意思是,这就是不能告诉她的原因!那只会让她担心,而我不想让她担心。还记得她原来是怎么对待螳螂哥、嗡嗡响和其他那些幽灵的吗?"

"哦,不奇怪!大多数八岁的孩子都不会幼稚到还会有那些想象出来的朋友。"塔比瑟看起来也有些拿不准,"你还是想证明它们不是你想象出来的吗?我原本以为你是太会

假装了,假装到最后我都差不多要相信它们真的存在了,有好几次我都以为自己真的看见螳螂哥了……不管怎么说,快点儿,巴尼!你一定得告诉我写那些字的事。我谁都不告诉,连克莱尔也不告诉。我保证!"

"双倍保证!"

"好。那就双倍保证——封上嘴巴!系上舌头!"

"我被幽灵缠上了,我也不知道为什么!"巴尼的话脱口而出,"到现在已经两天了……"

他把两件事都告诉了她:在放学回家的路上见到的那个穿蓝色天鹅绒衣服的男孩,还有在那个旧剪贴簿里他看到了同一个男孩的照片。他讲的时候,能感觉到恐惧的情绪就在他身体里慢慢移动,不过因为有塔比瑟在场,又因为她表现得非常感兴趣,所以他的恐惧被很快地缓解掉了。他感觉轻松自在了很多,几乎又恢复正常了。

"嘿!哇哦!"最后,塔比瑟深吸了一口气后说道,"这太诡异了……你真的不是在编故事吗?"

"你非得让我告诉你,现在你又不相信我!"巴尼气哼哼地说,"听着,我不会拿我特别讨厌的事来编故事的!"

"你确实晕倒了……"塔比瑟思索着,"这算是个证据,那个你假装不了。那个幽灵说什么来着?'巴纳比死了!我会多么孤独'?"

"非常孤独。"巴尼纠正道,"那个剪贴簿上也是这么写的。"

"我更喜欢'多么孤独'。"塔比瑟抱怨道,"如果我是个幽灵,我就会这么说——'多——么——孤独'——就像这样。噢,对了,还有件事你不知道。在大家都忙着道别和担心地毯上的茶渍时,我又偷偷去看了一眼那本旧剪贴簿。我找到了贴着那张照片的那一页,因为我想看看上面到底写了些什么。"说到这儿,塔比瑟停顿了一下。

"你看了吗?"巴尼问,催她赶紧说。

"呃,那里没有字。那张照片确实在那儿,那是真的,可是没有那些字。没有晕开的字迹,没有墨水,什么都没有。"她嫉妒地看着巴尼,大声说道,"天哪,这事要是发生在我身上该多好!发生在你身上就是浪费!这事让你害怕,而我呢,巴不得生活能够神秘莫测!可是日子就这么一天天地过去,平常又无聊。我不得不多费些力气才能让生活更有意思一

点儿。"

"如果可以,我很愿意把我的幽灵让给你。"巴尼说,"我可不稀罕。我希望一切都平静又平常,我不会觉得无聊。"

"好了,我得走了,去思考一下这件事。"塔比瑟说,"如果做噩梦了,你可以过来和我睡一张床,别就只是躺在这儿忍着。"说完,她朝门口走去,接着又突然走回来,笨手笨脚地拥抱了他一下,亲了亲他的耳朵,然后迅速走出去,随手关上了门。

巴尼惊讶地望着她离开的方向,心想,家人的亲吻可真是每个人都不一样。塔比瑟拥抱和亲吻他的时候,好像不知道该说些什么,好像她在练习一种跟他交流的新方式。接下来,他开始琢磨自己有没有可能做噩梦,他之前并没有想过这种可能性。那些可怕的记忆在他身后,而梦正在前方等他,他感觉自己好像受到了围攻。

深深地叹了口气后,他跌进了枕头里。克莱尔推门进来,给他读了个故事,亲了亲他,向他道了晚安,然后关上灯离开了。巴尼躺在黑暗中,尽量既不往前想也不往后想。他闭上眼睛,想让自己快点睡着,不是平常那种迷迷糊糊地慢慢入睡,而是警觉地站岗放哨似的等待。梦可能会到来,并且拒绝说出通关口令,然后他就可以把它赶走。巴尼眼睑后的黑暗被光亮划过,就像朦胧的、缓慢绽放的烟火,他一点儿都不觉得困。

一张脸闪现在他的脑海里,然后又消失了。不过他很熟悉那张脸,是照片上他妈妈黛芙的脸。那张照片就放在特洛伊房间的梳妆台上。巴尼猜,会不会是妈妈在缠着他?也许是因为他特别喜欢克莱尔,她生气了?不过,他并不真的认为她会介意这个,因为她看起来很欣慰,不像是不开心的样子。不管怎样,因为那些字,他已经确信他是因为巴纳比叔公去世才被幽灵缠上的。有人需要他做些什么,可是他想不出那会是什么。

"为这事烦心没用。"他坚定地告诉自己。他看见自己说的话飘了出去,闪着火光的字母照亮了他面前的黑暗。

"想点别的!"他命令着自己焦虑不安的大脑,"巴尼,想点别的!"他大声说出来,好能听见自己的决心。嗯,很有说服力。

他睁开眼睛,烟花和燃烧的字母消失了。他看着外面真正的黑暗,想让自己的头脑清醒一点儿。"想想马戏团!"他命令道,然后又闭上了眼睛。马戏团并没进入他的脑子,不过有个替代品也不错,因为他发现自己想起了原来看过的《潘趣和朱迪》[①]。

粉白相间的幕布拉开,潘趣尖叫着挥舞着棍子。巴尼强迫自己回忆朱迪、小宝宝、鳄鱼和警察……可当他记得的情节都快用光了,他还是没睡着。但不知怎么回事,他停不下来,还在看《潘趣和朱迪》。小小的幕布唰的一声拉上了,然后,又一次拉开,上演了另一幕,不是木偶剧,而是一个真实的场景,一个巴尼从来没见过的地方。这不是他自己想出来的,是有人有意让他看的东西——巴尼又被幽灵缠上了。

在粉白相间的幕布后面,好像不是傍晚,而是凌晨。有山,有黑黝黝的树林,还有一条路蜿蜒通向前方。一个孤独的身影正沿着这条路以平稳而坚定的步伐向他走来。他能听见脚步声像钟表在滴答作响,像心脏在怦怦跳动,可是那个人的脸却模模糊糊的,看不清楚。巴尼分辨不出那人是男

[①] 英国传统木偶戏,以插科打诨、偶尔穿插打斗的剧情安排而闻名。

是女，不过那人的肩膀还有走路的样子让他想起了盖伊叔公，只不过那人比盖伊叔公矮一点儿，样子也更凶一些。那个人停了下来，从幕布后朝外看。

"你在那儿呀。"那人说，声音沙哑而愉快，而且那声音听上去像是从巴尼的脑袋里，而不是从他的卧室里发出来的。是个男人的声音，他很肯定自己从来没听过这个声音。"你知道，我已经起程了。我们应该在一起——我和你。"

巴尼还是看不见那个发出这沙哑声音的人的脸。

"我属于这里。"巴尼轻声说道，"我的家人——爸爸、克莱尔、特洛伊和塔比瑟都在这里。我应该在这里。"

"你可能以为是这样。"那个声音回答，"不过，你终有一天会发现，对我们这样的人来说，家里并没有我们的立足之地。这是个必然结果。只不过你意识到这一点比我用的时间要久一些，就是这样。"

巴尼想睁开眼睛，但睁不开。他没睡着，可是他的眼皮背叛了他，紧紧地闭着，仿佛在服从别人的意愿。

"你显然还没意识到你是什么样的人。"那个声音将信将疑地说，"你是斯高乐家的魔法师，你难道不明白吗？"

"我是个男孩。"巴尼固执地说,"就只是个男孩。"

"我知道。"那个声音继续说道,"我能感觉到你在那里。我能看见你。你就像彩虹顶端的深红色。你是我们所有人中最强的那个。"

"你是谁?"巴尼生气地低声喝道。

"我来了。"那个声音并没有回答他的问题,也许根本没听见,"现在,就这一刻,我就能到你那里。不过我会慢慢走,这样你就有时间去适应有我这么个人了。你会收到我的信息,我会跟你分享我的旅程。"

那个身影朝巴尼伸出一只手,不像是威胁,倒像是要给他看看自己手里拿的东西。可是,那只手是空的。接着,巴尼看到了长长的手指和好像画着某个未知大陆地图的手掌。然后,手指变成了树枝,长出了绿叶,开出了粉色和白色的花朵,在绿叶和花朵间又飞出几只猩红的小鸟,比黄蜂大不了多少。之后,粉白相间的幕布又拉上了,巴尼又可以睁开眼睛了。

他又累又怕。如果此刻他起来,爬到塔比瑟的床上去,她会问他问题,会和他说上一夜。可他最想告诉的人其实还是克莱尔,她会用她那温暖而镇定的声音,安慰他说没什么好担心的,然后一定会去做点什么来处理这件事。可他不敢去打扰她。他知道,妈妈们怀着小宝宝的时候,应该享受简单快乐的生活,而不是为家里的孩子被幽灵缠上了,或是疯了这样的想法而惊恐不安。尽管爸爸和克莱尔结婚后跟他亲近多了,也和蔼多了(在之前的日子里,他好像总是要赶去上班,或者赶着出门),可是巴尼对他还是没有太大把握……他总觉得这个快乐的男人对自己的孩子并不是太上心。其实,巴尼只用了几分钟时间来考虑这些,因为他忽然感觉到睡意袭来,让他没有丝毫防备。

"我必须得习惯幽灵。"他想,"由此可见,人可以习惯任何东西。"过了一会儿,让他庆幸的是,他跌进了黑暗中,再没有什么梦去打扰他了。

5. 野猫头鹰

第二天，塔比瑟从早上一起床就围着巴尼转。一大早，她就走进巴尼的卧室，看着床上的他；吃早饭的时候，她也坐在旁边盯着他，好像他随时可能被猫头鹰、蝙蝠或是咔咔作响的骷髅袭击。不过，周日的上午天热起来了，管他幽灵不幽灵的，她还是要出门去游泳的。

"和我一起去吧！"她偷偷地跟巴尼说，"我从来没听说过游泳池'闹鬼'。"

巴尼本来想去，可是克莱尔仔细看了看他，说他看起来脸色不太好，还是应该待在家里。她没提他周五晕倒的事，不过他知道她一直都惦记着。

"我感觉挺好的。"巴尼向她保证。

"你看上去很苍白。"克莱尔对他说，"眼神蒙蒙眬眬的……就好像你看不清我们似的。你真的不头疼吗？"

"不疼，我不头疼。"巴尼说。

可克莱尔还是不同意他去游泳池："我得看好你，巴尼。我们可只有一个你。"

最终，塔比瑟自己去了游泳池。巴尼坐在门廊上画恐龙。克莱尔编好长发，去花园给爸爸帮忙。而特洛伊跟往常一样，待在她满是书的房间里，不跟任何人讲话。

刚开始感觉这一天都会很平静很无聊，没想到却成了有客人来访的日子。第一位客人是盖伊叔公。他像只苍鹭一样，迈着大步从帕尔默家前面的小路上走了过来。

"你们看上去很忙呀！"他冲克莱尔和爸爸喊道。他俩满脸惊讶地从金盏花丛中站起来，膝盖上都是土。"你们接着干活儿吧，不用管我。"盖伊叔公说。

可是，有客人来了怎么可能再接着干活儿呢！你得给他们泡茶,请他们吃蛋糕,如果没有蛋糕,你还得给他们做三明治。克莱尔一边跟盖伊叔公聊着花园、干燥的天气,还有"这个夏天到目前为止都还不错"这些话,一边有条不紊地泡了茶,准备好了蛋糕。巴尼在这时走了进来,盖伊叔公问他过得如何。

"我挺好的!"巴尼说,可是他的语气听起来很不自然,引得克莱尔和爸爸都吃惊地看向他。他也对自己鬼鬼祟祟的声音有些吃惊。

也许是因为他的反应,还有看见了茶杯,克莱尔想起了昨天泼洒的茶水。

"恐怕昨天我们给你们有秩序的聚会带去了不和谐的音符。"她说,"在一间铺着漂亮地毯的屋子里碰翻一杯茶可真是失礼。希望您母亲没有太难过。"

"她没有那杯茶难过。"盖伊叔公开了个小玩笑,"至于我们有秩序的聚会——嗯,克莱尔,我有时候觉得,太有秩序恰恰毁掉了我们的生活,'我们'是指斯高乐家的这些人。当然,我太习惯这种方式了,现在已经很难改变,可是我很高兴看到其他人不那么有秩序也过得很好。"

魔法师的接班人

巴尼看见特洛伊像个影子一样出现在客厅门口，站在盖伊叔公身后。她在那儿站了一会儿，像个瘦瘦的、驼背的黑色幽灵，然后，在他以为她要进屋来的时候，她又消失了。他听见在走廊的尽头，她的房门咔嗒一声关上了。

"我母亲不是那种喜欢孩子的女性。"盖伊叔公继续说道，"我觉得，她也许更愿意'生'一副国际象棋。你知道，她一直是个象棋高手，技艺还在逐年增进。从我们还是小孩子的时候，她就一直想把我们变成棋子，在她想象的棋盘上将我们四处挪动。本杰明，也就是巴尼的外公，他结婚以后逃离得稍微远了些，黛芙直接就从棋盘上逃走了。而巴纳比、阿博瑞克和我就像两个'象'和一个'马'，一直在围着她转。我一直觉得巴纳比是马，因为他确实尽量绕过角落[1]。不过，我想我不应该批评她，她也不容易。可怜的女人，不怎么喜欢孩子，却要养活四个。"

"五个！"巴尼说。他听见这句话从自己嘴里冲出来，就像瓶塞从姜汁啤酒瓶上突然被拔出来一样。

---

[1] 在国际象棋中，"马"每步棋先横走或直走一格，然后再往外斜走一格；或者先斜走一格，再往外横走或竖走一格（即走"日"字）。

The Haunting

"是呀……五个……还有科尔。"盖伊叔公慢悠悠地说,"我经常忘了科尔。"可巴尼觉得,盖伊叔公真正想提起的人就是科尔。因为他说到这个名字的时候,声音里带着明显的宽慰,或者说满意。"科尔就好像他自己和自己是一家……家里就一个人,一个人过着疯狂的日子。"

"疯狂?斯高乐家也有疯狂的人?"爸爸听到这儿,觉得既有趣又有些难以置信,"那斯高乐家著名的家庭秩序怎么办呢?"

"对科尔没什么用。"盖伊叔公说。虽然盖伊叔公此时在跟爸爸和克莱尔说话,可是巴尼觉得,这个故事就是讲给他听的,里面有专门传递给他的信息。

"科尔和我母亲——当然也是他母亲——他们就是合不来。从他出生的那一刻起,两个人就水火不容。我父亲很喜欢他,巴纳比也很喜欢他。实际上,我觉得科尔可能是我父亲最喜爱的孩子,因为在内心深处,父亲更喜欢淘气的男孩子。在我们家,除了科尔,没人敢反抗我母亲,甚至都没人尝试过。所以我父亲一去世,科尔就离家出走了。哦,当然了,那之后没多久,他也去世了。对我们来说,那一年真是难熬……不过那已是很久以前的事了。"盖伊叔公停顿了一下，好像突然变得有些不知所措和腼腆起来，"老想着过去也没什么用，是吧？"之后，他又说了些别的，喝了不少帕尔默家的茶，吃了不少蛋糕，然后很快就离开了。

"你们觉得他唱的这是哪一出呢？"爸爸的声音里带着疑惑，"他真的是来看我们的吗？还是想再看一眼巴尼？他好像一直在看巴尼，特别是当他以为我们没注意到他的时候。"

"也许，他觉得巴尼看起来气色不太好。"克莱尔说，"我自己也觉得他看起来有点儿苍白，盖伊叔公是医生，肯定会注意到这样的细节。或者……"她转头对巴尼说："也许因为你长得很像顽劣的科尔叔公，巴尼，他想通过这种方式让自己记忆中的事变得鲜活起来。我很好奇，顽劣的科尔叔公是不是也长着像你这样的黄色眼睛，从照片上看不太出来。"

"琥珀色！"巴尼语气坚决地说，"我的眼睛是琥珀色的。"他喜欢"琥珀色"这个词的发音，听上去好像比"黄色"更神秘。

"是金黄色。"爸爸说道，"没关系，巴尼，她就是嫉妒你，因为她的眼睛是普普通通的蓝色。但你的眼睛确实是黄色。好了——该回花园去了！巴尼,如果你真的不头疼的话,可以来帮帮忙。别站在那儿盯着蛋糕烤盘了。"

"我没有。"巴尼慢腾腾地说,"我在看牛奶罐。"他跟着爸爸和克莱尔走出去,又来到了阳光下。

"老天爷!"爸爸大声说道,"又来客人了。"

一辆红色轿车停在门口。外公外婆沿着小路走过来,紧张不安地微笑着,好像他们不太确定自己会不会受到欢迎。

"我们应该先打个电话的。"外婆说,"可是如果妈妈听见我们打电话,她肯定会坚持跟着来。我觉得,如果没有她在,我们会更开心一些。"

"请进!我去泡杯茶。"克莱尔说。她的声音听起来有些焦躁。

走出了他们自己的家,离开了太外婆"黑魔法"的控制,外公外婆不那么像纸片人了,看起来还挺快乐的。外婆跟克莱尔说话的时候,用一只胳膊搂着巴尼。外公也看着巴尼,好像他是一张印着小字的书页,要使劲看才能看得清楚明白,就连说到巴纳比叔公明天就要下葬时,目光也一直没有从巴尼身上移开。看来,像盖伊叔公一样,外公也在回忆他们小时候共度的时光。

"听起来好像您很喜欢他。"克莱尔说,"可是作为一家人,你们看起来好像并不亲近……我的意思是……"她脸色绯红地补充道:"我的意思不是你们互相不喜欢对方,只是你们看起来很疏远……哦,天哪!我没把意思表达清楚。"

"我想我们确实看上去很疏远。"外公同意道,"可是,你知道吗,我们就只有我们几兄弟彼此。虽然会有一些相熟的人,可是不知为什么,我们就是没有结交亲密朋友的天分,所以我们兄弟之间彼此依赖。巴纳比……嗯,他很腼腆,可是他很有爱心。"

"他是个温和的人。"外婆说,"我们会非常想念他。我觉得,他原本是很愿意结婚生子的,可是同时,他又很怕让人接近他。"

"我们都害怕。"外公难过地说,"可是我很幸运,巴尼,我遇到了你外婆,她很霸道,很坚决,我没法儿逃走。"他微笑着看了看巴尼,然后又看了看他的妻子:"我们有了你的妈妈黛芙,她一心要有自己的孩子,所以我们现在有了外孙

和外孙女。我们是斯高乐家的幸运儿。不管怎样,对我们来说,一切都还不错。"

巴尼觉得,好像又一次,大家在谈论一个什么秘密,可是并没有揭示这个秘密。他的外公外婆在告诉他什么事,可又没告诉他到底是什么事。他们希望他能在"他们能看到而他看不到"的字里行间读懂点什么。他们的生活中藏有一个秘密,这个秘密和科尔叔公的失踪、和巴纳比叔公的去世都有关系。巴纳比叔公的去世应该打破了一种平衡,某部古老的机器开始缓缓转动,一些过去的记忆也随之被唤起。他看得出来,爸爸和克莱尔也很困惑,而且被斯高乐一家人的先后来访弄得很不自在。

巴尼看着外婆,开口问道:"您认识科尔叔公吗?"外公外婆转头看向他,他在他们的脸上又一次看到了宽慰和满意,因为他问了一个他们想回答的问题。

"我确实认识他,不太熟,不过认识!"外婆说,"他长得和你很像,不过他是个很野的孩子,更像只小猫头鹰或是猎隼。"

"巴尼看起来是个很平和的孩子。"听上去外公好像在请求克莱尔和爸爸同意他的说法,"而科尔和这个世界水火不容——也许只是和我们的世界水火不容。我们根本没机会弄清楚。"

"他有什么不对劲吗?"巴尼问,"听起来好像他有什么地方不对劲,可是又没人愿意说。"

"不,没有哪儿不对劲……"外公略带犹疑地开口。但外婆语气坚决地插话道:"科尔完全没什么不对劲,他只是想象力特别丰富。他遵从他的想象力生活,而不是遵从他母亲的规则,这令他母亲根本无法容忍。你应该看得出来,她是那种喜欢让她周围的一切都驯服听话的母亲。"

一阵敲门声传来。

"又有客人!"爸爸叫道,声音里不自觉地流露出了一丝烦躁不安。他去开门,然后又回到了屋里,脸上一点儿表情都没有。巴尼知道,他是在尽力不表现出诧异。在他身后,阿博瑞克叔公那高大的灰色身影出现在大家眼前。

阿博瑞克叔公看了外公外婆一眼,不知为什么,他有些慌乱窘迫,脸唰地就红了。然后,他和外公不约而同地看向巴尼,又同时移开了目光,就好像有什么事他们俩都明白,

又都很默契地不去提起。

"喝杯茶吧。"克莱尔看起来好像马上就要咯咯地笑出声来了,"恐怕我们没有蛋糕了,我再去做几个三明治来。"

这天,等客人们走了,克莱尔半是困惑半是大笑着说:"我不明白——一天里来了他们三兄弟!他们肯定是商量好的!"

"也许巴纳比一去世,他们决定要留意一下下一代了。"爸爸提出了他的看法,"我觉得,他们好像都对巴尼很感兴趣。"

"嗯,不过毕竟就只有他在这儿。"克莱尔说,"我本来可以叫特洛伊一起,可是她知道他们来了,显然并不愿意出来。约翰,我感觉他们像是在考察我……对了,科尔,最小的那个,他到底怎么了?他们好像想要谈论他,可是又什么都不告诉我们,我也不知道我是该问还是不该问。我的意思是,我们不会比他们更明白,比他们更了解他,是不是?"

可是巴尼觉得他更明白了。他现在很确定,他撞见的幽灵就是那个死去的男孩,他的科尔叔公。他能感觉到那只疯狂的猫头鹰在他的脑子里活动,碰触他的记忆、他的想法、

061

他的恐惧，还有他的幸福。那个狂野的灵魂进入了他的身体，令他自己也产生了变化。也许斯高乐家的人正是发现了这种变化，他们在响应这种变化，就像指南针的指针向"北"移动，他们开始行动起来，去面对那个强大的幽灵。

一整天，它都在传递信息，将它们展现在巴尼面前。早上，他睁开眼睛，从窗外看到的第一样东西不是帕尔默家乱糟糟的草坪和篱笆，而是一片树林，里面都是闪闪发光的鸟儿和暗红色的花朵，然后，它们慢慢退去，让日常的景象显现出来，回到原本的位置。早饭的时候，放在桌上的蓝色牛奶罐摇摆着变成了另外的形状——一个满头都是蓝色小发卷的脑袋，皮肤是暗淡的浅蓝色，额上戴着坠有金色叶子和浆果的链子。它的嘴唇在动，说着他听不见的话，还向他露出了一个令人恐惧的微笑。还有一回，他感觉脚下的地毯像是沙滩上的沙子和石头，大海的咆哮声充满了他的耳朵。过了一会儿，来自另一个国家的秋天的树叶沙沙作响着扫过他的脚踝，而屋子里的钟表开始奇怪地发出像是脚步声的回声。有人正走在他身后，离得还很远，还隐藏在薄雾笼罩的远处，不过越来越近了，向前伸出的一只手上画着另一个世界的地图——一个魔法世界，也许是个智慧、美丽的世界，但不是巴尼自己的世界。

他已经不再害怕这些信使和信息了，它们只是稍纵即逝的幻象，就像侦探小说中用来让人们留神的线索。可是在它们背后，是传递信息的那个人，是那个昨天晚上看着他、和他非常清楚地对话的那个眼睛闪闪发亮的黑影。巴尼害怕它——不是害怕它不友善，而是害怕它的需求和目的。莫名其妙地，他就成了那种需求和目的的一部分，而它们肯定会大大改变他的生活。巴尼喜欢他现在的生活，他不愿意用现在的生活去交换一个幽灵能给他的任何东西。他抬起头，看见克莱尔正皱着眉头，若有所思地看着自己。他觉得，在他看着克莱尔的时候，那只疯狂的猫头鹰也透过他的眼睛注意到了她。

6. 两个人的直觉

直到星期二，塔比瑟才真的开始注意到巴尼有些不一样。那天早上，他下来吃早饭的时候像个影子一样溜进了餐厅，安静镇定地坐在座位上，既没有烦躁不安，也没有抱怨。不过，塔比瑟头一次明白了克莱尔一直在说的是对的——巴尼看起来像是病了。"不是生病。"塔比瑟在心里纠正自己，因为她知道克莱尔不知道的事。巴尼看起来像是被幽灵缠上了。他脸色苍白，没有一点儿血色，肤色好像正开始变成透明的，可是眼眶下面却颜色发暗，像两块淤青。他的眼睛会时不时地变得很奇怪,好像有一束别人都看不到的强光正照射进去。在那一刻,巴尼的眼睛会像玻璃一样闪光,而他整个人都在踌躇不决。有一次,他盯着玉米片,就好像它们正在桌子上四处移动,然后他用汤匙去舀玉米片,却根本没对准盘子。

  这位认真的观察者和未来的小说家塔比瑟回到卧室,坐在床沿上,感到心烦意乱。出于习惯,她记了几条笔记,也是给自己一些时间思考,却并没有获得平时那种满足和充满力量的感觉。她发现自己在回忆曾读过的几个鬼故事,她头一次意识到,被幽灵缠上其实很可怕,可能根本不是件刺激有趣的事情。在她读过的那些故事里,那些被幽灵缠上的人都死得很惨,那些死人的脸上都带着极度恐怖的表情。想到巴尼正努力把恐惧锁在自己的脑子里,她对他的敬佩之情油然而生。这样做很勇敢,塔比瑟心想。但她马上又对他不耐烦起来,因为他什么都没做。幽灵是能被打败的,你可以发现它们的秘密,夺走它们的能力,也能将它们驱逐……

  塔比瑟尽量不再去想这些,她走过走廊,几乎没注意到爸爸(他弄丢了车钥匙,正在大喊大叫),也没注意到特洛伊

(她要比塔比瑟和巴尼早到学校,正努力地往书包里多塞几本书,还得确保不压烂午餐)。巴尼仍然一个人坐在餐桌旁。克莱尔不知道在哪儿,很可能在四处找车钥匙。塔比瑟把她的椅子拖到了巴尼旁边。

"嘿!"她压低声音说,"嘿,你还好吗?"

巴尼慢慢转过头来。他那温和的琥珀色眼睛和她自己眼睛的颜色很像,不过目光要温和得多。他看着她,忽然,眼睛里飞快地闪过一丝机警的光芒,还没等她来得及看清楚就转瞬而逝了——那种机警的目光不属于巴尼,是某个陌生人狠戾的眼神。那人透过巴尼的眼睛看了她一会儿,然后又躲起来。巴尼用两只手啪地捂住脸,然后低下了头。

"不要看我!"他小声说,"它会看见你的。"然后,他又直起身,叹了口气。"它现在走了。"他语气平淡地说道,"它来得快,去得也快。"

"告诉克莱尔!"塔比瑟生气地低声说道,"你得告诉克莱尔。"因为克莱尔是可以信任的人,她有同情心,身上充满了孩子没有而大人才有的力量。她能打电话叫医生,可以在电话簿里找个懂黑魔法的专家,能花钱请个好女巫,反正不

管怎样,肯定能找到办法赶走缠着巴尼的幽灵。

"我不能告诉克莱尔。"巴尼平静地说,"你知道的。我告诉过你为什么不能——担心和心烦对要生孩子的人不好。"

"可她现在已经在担心了,你这个蠢蛋!"塔比瑟说,"你真该看看你自己。你现在看起来真的像是中了邪!你知道吗,你的脸色有点儿像做菜的油,黄黄的、暗暗的,还有你的眼睛也怪怪的。克莱尔很可能会以为是她给你带的午餐让你食物中毒了!她要是知道你其实是被幽灵缠上了,和她自己并没什么关系的话会很高兴的。听着,我要去告诉她!"

"你都双倍保证过了!"巴尼看着她,生气地大叫道。

"那就告诉爸爸……"塔比瑟提出这个建议的时候也有些拿不准,因为他们的父亲尽管每天都在进步,可好像还是不如克莱尔跟他们更亲近,尽管他们"认识"他的时间更长。

"去吧,巴尼!一定要告诉爸爸!"她把一只手放在巴尼肩上。可就在这时,有个新的声音传进了她的耳朵,低沉而清晰。她迅速转过身,希望是克莱尔或特洛伊在她身后蹑手蹑脚地走进了房间。没有人。在走廊另一头儿,爸爸找车钥匙的激动吵嚷声还在继续,可是那个声音也还在,轻轻的,由远及近,能很清楚地辨认出是脚步声。

巴尼看到她在四下张望。他的脸色变得明朗了一些。

"你也能听见吗?"他问,"这里只有我,但是不是我弄出来的声音。是科尔叔公,我觉得他一直在跟着我,而且越走越近。如果你也能听见他的脚步声,那他肯定已经离得非常近了。"

塔比瑟很快地试验了一下:离巴尼几步远的地方是听不见脚步声的,但只要站得离他近一点儿,手接触到他,就能很清楚地听见——一旦你知道你要听的是什么。

他们的父亲从房间里快步跑出来。"钥匙找到了!"他说,"谢谢。"他以为塔比瑟也在帮他找车钥匙。

"我得赶紧走了!我要迟到了。"他亲了亲塔比瑟的脸颊和巴尼的头顶,出门去上班了。克莱尔从他们旁边经过。

"这一通忙活!"克莱尔平静地说,"钥匙在洗衣篮的最下面,你们能想到吗?他把钥匙放在了短裤的口袋里,然后把短裤放进了要洗的衣服堆里。"

塔比瑟和巴尼瞪大眼睛看着她,好像她是来自另一个世界的人,在说着另一种陌生的语言。他俩的耳边依然回荡

着脚步声,好像他们此时正走在窗外的小路上。

"你们俩快点儿!时候不早了。"克莱尔说着走进厨房,随手半掩上了厨房门。

"告诉爸爸!"塔比瑟生气地、第三次向巴尼说道。巴尼犹豫许久后,好像下定了决心,冲塔比瑟摇了摇头。

"他只会去告诉克莱尔。"他说,"爸爸什么都跟她说。然后克莱尔会觉得我疯了,或者是中邪了。"他站起身。我想不出对这事还能做些什么。"他说着,走回了自己房间。

"我必须告诉某个人。"塔比瑟想。这时,她看到克莱尔拿着两个要给他们带去学校的饭盒回来了,她考虑自己要不要食言。不过,就在她准备开口说"克莱尔,我有件事要告诉你"的同时,她想到了另外一个主意,她可以去看望外公外婆,跟他们说说巴尼被幽灵缠上的事,或许他们知道怎么对付一个自家的幽灵。不过,塔比瑟想,太外婆到时也会坐在她的扶手椅上,摆出一副谁都要服从她的样子。塔比瑟可不愿意让自己的故事灌进太外婆那冷冰冰的耳朵里去。就在这时,盖伊叔公的面容突然浮现在了她的眼前。他们周六去拜访的时候,他待人很和蔼,很热情,而且他今天下午很

魔法师的接班人

可能会在他的诊所！

去学校的路上，塔比瑟一直在想着盖伊叔公，巴尼则像一条心神不宁的狗，紧跟在她身后。有几个学校里的朋友喊巴尼，可他只是随意挥了挥手，还是紧跟着塔比瑟。

坐公交车进城再坐车回家不是什么难事，塔比瑟想，她有学生乘车卡，就放在校服口袋里。但是这样的话，放学后巴尼就得一个人回家，他会成为任何一个想攻击他的、穿蓝色天鹅绒衣服的幽灵的猎物，更不用说其他那些巴尼可能没告诉她的幻象或鬼怪什么的了。那绝不是令人愉快的画面——巴尼一个人走回家，那些脚步声跟随着他，也许脚步声会越来越急，在他经过公园那片偏僻的绿色林地的时候会赶上他……塔比瑟发现，自己很容易就能想象出巴尼从小路被匆忙带走的情景：一只瘦得吓人的、长满毛的胳膊从灌木丛中伸出来，把他拽进了树篱间昏暗的过道里，然后，当然就再也看不到他了……塔比瑟打了个冷战，她惊讶地发现，巴尼对她来说非常重要，她很想照顾他。在这件事之前，他只不过是她的弟弟，就像家里的一件家具，不管她想不想要，都会待在家里。

为什么是巴尼呢?她想,是因为名字的缘故吗?巴尼被幽灵缠上这件事她始终想不明白,所以也就只能这么理解了。

碰巧,上午巴尼的老师给克莱尔打电话,说她觉得巴尼身体不舒服。她问克莱尔是不是能来接他,因为他好像很怕自己一个人回家。

克莱尔很快打车来学校接走了巴尼。所以,放学后塔比瑟就可以去找盖伊叔公了。于是她就去了。

盖伊叔公的诊所和很多其他医生的诊所都在哈雷大厦那栋旧楼里。楼里到处钉着黄铜牌子,看起来就像一位战功赫赫、身上挂满勋章的老将军。在塔比瑟的想象中,她一度认为盖伊叔公做的工作是从人的身上移走旧"零件",缝进新"零件"。后来,当她发现他只是个专门给孩子看病的儿科医生时,还十分失望来着。不过现在,她倒觉得很安心,感觉这是个好兆头。他可能刚好知道怎么帮助巴尼。她坐电梯来到二楼,按照标识牌顺利找到了盖伊叔公的候诊室,微笑着走了进去。

她马上就遇到了麻烦。那个冷冰冰的前台接待身着白衣,一尘不染,以至于她走开以后都好像在原地留下了一个闪闪发亮的轮廓。所以,你能同时看到她现在在哪儿和她刚才在哪儿。这简直都有科幻小说的感觉了。塔比瑟原本想做笔记,不过她知道自己要尽量看起来举止得体才行。

前台接待告诉她盖伊医生很忙,没有预约不会让她见盖伊医生。正说着,一扇门打开,盖伊叔公和一个抱着婴儿的瘦女人边说话边走了出来。他盯着塔比瑟看,好像没太认出她来。

"盖伊叔公,是我,塔比瑟·帕尔默。"

"可不是嘛!"盖伊叔公说,看起来很惊讶,"塔比瑟·帕尔默,我能为你做些什么呢?希望你并不需要我的专业建议。"

"不是专业建议,起码我觉得不是。"塔比瑟果断地说,"其实是家人的建议。我想让您帮帮巴尼。"

盖伊叔公的笑容瞬间就消失了,表情变得神秘而又警惕。看上去,好像在她开口之前,他就已经知道她要说些什么了。

"嗯,我们来看看……"他说着看了看他的预约本,"你能等到四点半吗?那个时间的预约取消了,我们可以聊一会儿。"然后,他给了她一些钱。"沿着这条路往前走,去给自己买杯奶昔什么的吧。这样能让时间过得更快一点儿。"

塔比瑟跟他一再道谢。"我正好要为我的小说做几条笔记。"她补上一句,冲前台接待露出了得意洋洋的微笑。之后,四点三十分整,吃了一肚子奶昔和三明治的塔比瑟被请进了盖伊叔公的诊室。

她一走进诊室,就很难把盖伊叔公和盖伊·斯高乐医生区分开了。有那么一会儿,她甚至觉得自己根本无法开口说巴尼被幽灵缠上这样不科学的事情。不过,当盖伊叔公说"好了,塔比瑟,怎么回事?巴尼怎么了"的时候,她还是选择信任对方。

"他被幽灵缠上了。"她坚决地把迟疑放到了一边,"自从巴纳比叔公去世以后,怪事就发生了。巴尼觉得,就是之前去世的叔公——科尔叔公的鬼魂,在跟着他。"在医生的诊室里,她却说出了"鬼魂"这样的词,这让她窘迫得红了脸。不过,盖伊叔公并没有皱眉头,也没有轻蔑地看着她。实际上,她有种奇怪的感觉:他期待的,或是害怕的并不是她的"鬼故事",而是另外类似的故事,而且听到她说的是幽灵,而不是其他更糟糕的事情时,他似乎还松了口气。

"哦,这可真是不寻常,塔比瑟。"他说,"我想,你得再跟我说详细点。比方说,到底是什么让巴尼觉得他被幽灵缠上了呢?"

塔比瑟总是很乐意说细节,不过她决定先说说她自己的理论——一个新理论,是一杯奶昔加三个三明治给她的灵感。

"我觉得巴尼弄错了!"她急切地大声说道,"假设那就是科尔叔公的鬼魂,可现在巴纳比叔公去世了,他也是个鬼魂了,对不对?那么科尔叔公就有伴儿了,那他就不会孤独了,也就没有必要来缠着巴尼了呀。"

"孤独?"盖伊叔公听糊涂了,"什么意思?谁孤独?我有点儿跟不上你了。"

塔比瑟意识到她得从头开始说。于是,她凭借自己学习如何成为伟大小说家时所积累的经验,非常确切地把巴尼遇到穿蓝色天鹅绒衣服的幽灵、诡异地出现在剪贴簿上的那些字、晕开而未干的墨水,以及两分钟以后那些信息全部都消失了的事都说了一遍。这些"闹鬼"的事讲出来好像比

在她脑子里默念的时候听起来要平淡多了。不过,盖伊叔公好像对她说的这些很感兴趣。

"我明白了。"他说,"嗯,我明白了……"他自己又想了一会儿,然后直视着她,用医生的专业口吻说道:"当然了,塔比瑟,对于所有这些事,还有另外一个解释,假如巴尼完全没有编造这个故事的话,那么巴尼就是一个……一个心理非常不正常的小男孩。"

"巴尼没有心理不正常!"塔比瑟觉得受到了冒犯,"他是个温和安静的男孩,也很乖。"

"他可以具有你所说的全部优点,但仍然有可能心理不正常。"盖伊叔公坚持道,"塔比瑟,你好好想一想。一个男孩,他从来没见过自己的母亲,可是他突然知道他母亲是在生他的时候去世的,是因为他的出生而死。这会让他一开始就在内心深处感到内疚。我不是说肯定会,但很可能会。然后在过去的一年里,家里有了个继母,这种事对很多孩子来说……嗯,会觉得很难适应。"

"克莱尔人非常好。"塔比瑟摇着头说,"巴尼真的很爱她。你很容易就能看出来。"

"哦,我敢肯定他很爱她。"盖伊叔公同意道,"可是,你不觉得这会让情况更糟糕吗?我的意思是——克莱尔也快生宝宝了,既然巴尼知道是生孩子让他自己的妈妈送了命,你不觉得他的内心可能因此而充满了恐惧吗?日积月累,这些恐惧就开始像幽灵一样缠着他。虽然他没说出口,可是它们就在那里,在他的脑子里,赶也赶不走。在这样的前提下,巴纳比去世了,这两件事——害怕克莱尔会去世和巴纳比真的去世——联系到了一起。你知道,这样的情况是有可能发生的。"

塔比瑟明白事情可能会是盖伊叔公说的那个样子,她也明白按照大人的解释和理论,那个幽灵就不存在了。

"我想是吧。"她半信半疑地说,"他确实让我做了双倍保证不告诉克莱尔,还说快生孩子的妈妈不应该担心忧虑。哦,刚知道克莱尔有了宝宝的时候,爸爸就是这么告诉我们的。"

"可是……"她坐在那里,背挺得更直了些,"不可能只是那么回事。你知道吗?如果你站在巴尼旁边,用手碰他,你自己也能听到那个幽灵的脚步声。今天早上我就听见了,我

敢肯定昨天晚上我并没听见。巴尼说,那是因为科尔叔公离得越来越近了。所以,这就是令我困惑的地方——如果他离得更近了,那他是从'哪儿'离得更近了呢?"

"幽灵的脚步声?"盖伊叔公抓住了塔比瑟话中的关键部分。

"是连续不断,又有些模糊不清的走路的声音。"塔比瑟在空中挥舞着两只手,"不是鬼鬼祟祟——我不会用鬼鬼祟祟这个词,肯定不是——那脚步声非常坚定,一点儿都不鬼祟!还有,今天早上我冒出一个特别奇怪的念头……"她充满歉意地看着盖伊叔公:"这听起来很疯狂,可我还是要说。我觉得,那个幽灵不仅仅是在跟着巴尼,其实它还在巴尼的身体里。你知道,巴尼的脸上时不时会出现一种恍惚的神情。有一次,我直视着他的时候,他的眼神突然变得很不一样,不是恍惚,而是狠戾,就好像是别的什么人正透过巴尼的眼睛看着我。"

这才是盖伊叔公害怕听到的事。他的表情变得紧张起来。从他的表情能看得出,他想起了一些令人不安的往事。当他开口说话的时候,好像他既是在让塔比瑟安心,也是在让自己安心。

"可能没什么事……"他嘀咕着,"只不过是隐藏起来的烦心事,用奇怪的方式又显现出来了……毕竟确实是会发生这种事的。"

塔比瑟不得不问了个问题。她觉得,如果自己问了这个问题,那盖伊叔公就无法隐瞒,只能照实回答了。

"盖伊叔公,说真的,你真的相信巴尼会因为克莱尔、小宝宝和惧怕死亡这些而烦心,就编造出来一个幽灵吗?"

盖伊叔公在暗自下着决心。她能看出他正在这么做。

"塔比瑟·帕尔默,说真的,"他微微一笑,回答道,"我不相信。我也不相信他被幽灵缠上了。我认为巴尼正在发生变化,就像一只困在蝶蛹里的毛毛虫。我想,他正在变成一个'不一样'的男孩,而原因与他是斯高乐家族的一员紧密相关。你瞧,就是这样。"

"变得'不一样'?有多不一样?"塔比瑟难以置信地大声问道。

"我认为,他正在变成一个斯高乐家的魔法帅。"盖伊叔公说,"塔比瑟,在我们家一直有这样的人,我们称他们为

'斯高乐家的魔法师'。他们拥有大多数人没有的能力和特质,这几乎总是会给他们自己和他们周围的人带来不幸,就像一个家族魔咒。而科尔正是他们其中之一。这就是我们从来都不说起他,甚至连想都不想他的原因。而现在,我觉得,巴尼或许也是他的同类。"

房间里一阵静默。塔比瑟和盖伊叔公都瞪大眼睛瞧着对方。这次,换成盖伊叔公慢慢涨红了脸。

"是真的!"他说,"我们有——呃,曾经有——记载这些的信件和日记,能追溯到很多很多年以前的家族历史。在曾经的家谱上,魔法师都被标记成了红色。现在,这个魔咒很可能落在了巴尼身上。"

"会很糟糕吗?"塔比瑟低声问道,"会变成吸血鬼之类的吗?"

"不是那么回事,起码我觉得不是——应该不是。你知道,科尔是唯一一个我认识的斯高乐家的魔法师。说真的,他有时候真的挺吓人。当然了,他不快乐,不过那主要是因为我母亲。唉,很难说他会变成什么样子,如果我母亲能不那么……不过,猜测这些也没什么用。她很生科尔的气,你知道,确实非常生气。这整件事不仅害了科尔,也毁了我的母亲。我还是从头讲起吧,反正也该有人告诉你们。我们从小到大都认为这是个让人羞愧的秘密,觉得什么都不说反而会更容易些。

"我的父母——你们的太外公和太外婆,他们是远房表兄妹,你知道吗?我觉得,对于我们家族有魔法基因,和别人家不同这件事,我父亲从来就没担心过。可是我母亲对这件事一直都很在意。她在我们——阿博瑞克、本杰明、巴纳比和我小时候,常常没完没了地说这个,还说我们摆脱了魔法她有多么高兴。尽管父母双方可能都会遗传这种基因,可她告诉我们它只会影响男孩子。我前几天跟谁说起过,我母亲不喜欢孩子,但她确实爱我们这几个儿子,这一点我敢肯定。不过,不管什么时候,只要我们表现出一丝一毫古怪——用你们的话说是个性——她就会马上提出质疑,并且竭力打击。她'修剪'我们,就好像我们是一丛整齐划一的玫瑰。最后,我们的生活都成了没有波澜起伏的直线。我觉得我们并不在意,也许巴纳比有时候会。他喜欢保密,尤其是对我那什么都想知道的母亲保密。尽管如此,对我们大家

来说一切都还不错,直到后来,在我十九岁的时候,科尔出生了。"

"你们马上就知道他是个魔法师了吗?"塔比瑟问,一只手已经忍不住摸向她的笔记本。但她还是强迫自己缩回手,把它很有礼貌地放回膝盖上。

"我们马上就知道了。而我母亲应该在他出生前就知道。科尔是一个倔强易怒的小宝宝。最初的时候,他用意念移动东西。他躺在婴儿床上,被襁褓裹得紧紧的,可是他意念的力量却伸展到了屋子里,就像……就像章鱼的腕足。他学着把东西'拿'到自己身边——奶瓶、拨浪鼓,以及任何他碰巧想要的东西。我们看书或工作的时候,会听到他在叫我们,不是哭闹,只是在我们脑袋里有个声音在叫我们的名字。巴纳比总是会过去看他,但我们的母亲从来都不去,除非他像正常的宝宝一样哭闹。她会假装她脑子里的那个声音不存在。科尔意识到这一点后,就更不肯哭闹了。他甚至有好几年都不肯说话。随着他一点点长大,他和我母亲就像一对敌手,他们绕着对方转来转去,一圈,再一圈……彼此都在找机会打败对方,且始终一言不发。他们之间的战争也影响到了我们几个。在某种程度上，我们这四个兄弟紧密联系在了一起，达成了某种默契的中立协议。我们尽量不偏袒他们任何一方，但尽管如此，我觉得巴纳比还是帮助了科尔，在他的成长过程中给了他爱与关注。他们过去常常待在一起，巴纳比会送给他玩具，那本旧剪贴簿就是巴纳比送给他的礼物。不过他是偷偷送的，因为一旦我母亲发现了的话，就会想尽办法阻止。你知道，她希望科尔能回归'正途'，和我们这些人一样。她说，如果他下定决心，他就能放弃做魔法师，只不过是某种邪恶的执念才让他不肯放手他拥有的魔法。在我们家，他像只小野兽一样生活着，远远地躲起来，不像我们一样出来吃饭，也从来不去上学。大多数人都以为他有些傻，不受调教，我母亲就任由他们这么想。"

"这太可怕了……"塔比瑟说。想到自己的家人，她很是感恩。

"我母亲很肯定她的意志最终会获胜，她原本就从未在任何一场斗争中失败过，而且我敢肯定，她认为她这样做是对科尔好。可是，时间一天天过去，科尔仍然不受约束，也没有被她打败。她开始害怕了，她最不能忍受的就是害怕。她

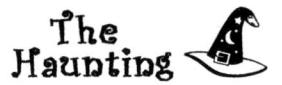

开始残忍地惩罚科尔。她开始恨他。一座充满仇恨的房子会慢慢毁掉住在里面的人。我们在被这场斗争逐步吞噬,可是却无法离开。因为尽管情况很糟糕,但科尔毕竟是自由的,而我们其他人还被我母亲握在手掌心里。她希望我们在她身边,一方面是帮她获胜,但最主要的是能见证她摘取胜利的果实。她想征服科尔,想让大家看到她征服科尔,我觉得,她还想让我们为她的征服鼓掌喝彩。"

盖伊叔公好像是在给他自己讲这个故事。他的声音听上去像是来自某个正在跟他争论的人,他说话的时候也始终没有看塔比瑟。

"而科尔呢,他的魔法力量在一天天增长。有时候,他会跟我们玩点魔法小游戏。当你进餐厅吃饭的时候,会发现有张十五英尺长的桌子,上面摆满了烤孔雀、烤乳猪、摇摇欲坠的果冻、乳脂松糕、布丁,以及在白兰地酒里燃烧的松饼——当然,那不是真的,只是个玩笑;或者你正在浴缸里泡澡,忽然就来到了一座热带小岛上,在清澈温暖的水里游泳,那里有棕榈树、硕大的蝴蝶,还有白色的沙滩。这些都像是科尔送给我们的礼物,但我从来都没有接受过。我太像一枚棋子，也太像一枝修剪整齐的玫瑰了。不过巴纳比可能接受过，只是我永远都不可能知道答案了。不管怎么说，我们都能感觉到科尔的魔法力量在家里穿梭，就像一道电流、一簇看不见的火焰。后来，在科尔大约十二岁的时候，我父亲去世了。当时，我们都在前厅里，准备出门坐车去参加葬礼，忽然科尔就来到了我们中间。那是我头一次听见他说话，嗓音轻柔沙哑，非常非常甜美，如果他唱歌应该也会很好听。他衣着完美，表现得体，实际上，相比之下我觉得我们其他人倒可能看起来有些局促不安。我们都被惊得目瞪口呆。因为之前每次见到科尔，虽然我也并不太常见到他，他都更像个野人，来自属于他一个人的部落，在我们家进进出出地狩猎。'所以，终究还是妈妈赢了。'阿博瑞克对我说。我母亲看起来也确实像在暗自庆祝自己的胜利。可是第二天，科尔就不见了。我们能感觉到家里空荡荡的，不再有电流在墙壁间穿梭。过了一段时间，有人在流向南方的一条河里发现了一具男孩的尸体，母亲认出那是科尔——我的魔法师弟弟。他走了，我们再也感觉不到斯高乐家魔法师的电流了，直到那天你们来看我们，电流又出现了，是在巴尼身上出现的。

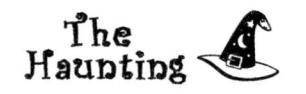

它非常微弱,和之前有很大不同,可是我们——你外公、阿博瑞克,还有我,我们不可能弄错。我们对这种电流太熟悉了。那感觉就像是听到一个非常熟悉的声音,在很远的地方说'还记得我吗'。"

塔比瑟和盖伊叔公沉默地坐着,有好一会儿,他们的脑子里都在翻腾着各自的想法。

"也许能有什么办法让一个人摆脱当魔法师的命运。"塔比瑟建议道,"也许,你说的那些旧日记和信……"

盖伊叔公摇了摇头。

"没用的!"他说,"科尔离家出走以后,我母亲把所有的旧文件和资料都烧了,一个字都没留。我敢说,在她烧之前,她从头到尾都读过,在里面寻找能帮她战胜科尔的任何可能的线索。"

"可是巴尼不像科尔。他只想当个普通人,他是这么跟我说的。"塔比瑟说,然后她又补充道,"也有可能真的像他说的那样,是科尔叔公的鬼魂在跟着他,是有这种可能的。"

"不,不可能。"盖伊叔公突然说道,"不可能……"他站起来,走到窗边:"因为……其实科尔并没死。他不是鬼魂。"

"没死?可是你说他溺亡了!"塔比瑟大声说着,噌地站了起来。

"我母亲肯定是弄错了。"盖伊叔公回答,"我和阿博瑞克最近一直在收拾巴纳比的公寓,整理他的文件。我们发现了几封科尔写给他的信,只有两三封,不过最后一封的日期很近,上面没有地址。并不是科尔需要写信,我猜可能只是巴纳比喜欢时不时地收到信。总之,科尔应该还活着。我们都很震惊。"

塔比瑟觉得自己的脸色正在变得苍白。她多希望能有一面镜子,让她可以真的看到自己脸色的变化。几乎是立刻地,她觉得自己已经明白这到底是怎么一回事了。

"那么,事情是这样的……"她说道,"'巴纳比死了。我会非常孤独!'这句话代表,科尔叔公是在选择这个家里的另一个巴纳比成为他的朋友。我敢打赌,在巴纳比叔公去世后,就是科尔叔公一直在给我弟弟发送消息,想要联系上他。可这并不代表我们的巴尼在变成魔法师!"

"也许吧。"盖伊叔公叹了口气,说,"我想这是可能的。可是谁又能断定呢?"

"我们只能带着疯狂的猜测,继续彼此凝视。"塔比瑟说,很满意自己引用了学校印制的《好文集锦》中的一句诗,"不过,我打赌我是对的。作为一个小说家,我拥有某种直觉。"

"作为斯高乐家的一员,我也拥有某种直觉。"盖伊叔公严肃地说。不过他马上又微笑着看着塔比瑟说道:"你现在最好回家去,塔比瑟。时候不早了,我还有工作要做。今天晚些时候,如果我有时间,我想我会去跟你父母聊一聊的。"

"他们会觉得你疯了。"塔比瑟说,"虽然我不会这么想,但他们会。"

"我一直讨厌人们会产生'我疯了'的这种想法。"盖伊叔公说,"不过这已经不那么重要了。"

7. 巴尼的电话

"巴尼呢？"塔比瑟冲进厨房，红扑扑的脸上夹杂着激动与郑重其事。

"你回来晚了，塔比瑟！"克莱尔责备道。她看起来又热又急躁，不过也可能是因为她在切洋葱的缘故。洋葱对人的脾气有非常大的副作用。

"对不起！"塔比瑟说，"我以为你不会介意。我跟别人聊了会天儿，说呀说的……"

"说了两个小时？都快三个小时了！"克莱尔的脸上露出

嘲讽的神色,不像她平时那么随和。

"嗯,我在发表意见。你知道我喜欢发表意见。"塔比瑟靠在厨房门上,"巴尼在哪儿?他怎么样了?"

克莱尔放下切洋葱的刀。

"哦,我要歇一会儿。"她不耐烦地说,"讨厌的洋葱!可它们能让其他东西吃起来特别美味。听着,塔比瑟,你知道巴尼到底是怎么了吗?"

塔比瑟在背后交叉起手指。

"不知道。"她说,"是得了流感之类的吗?哦,你知道的,他总是很安静,我总是很吵,特洛伊和巴尼……"

"是的,我都知道。"克莱尔打断了她,"安静也有不同种类。巴尼的安静原本是快乐的安静,现在不知道出于什么原因,他不再快乐了。他一直是个感情丰富的孩子,可是忽然间他不愿意让人碰他,不愿意让人抱他,甚至不想走在我旁边。不过医生说,他没发现巴尼有什么不对劲。他觉得巴尼可能患上了偏头痛,因为他的眼神看起来很焦虑,可是他说自己不头疼!我想只有他自己知道是怎么回事。不管怎么说,他现在要服用一整瓶维生素丸,老天爷,一整瓶!"

"他人呢？"塔比瑟第三次问道。

"在他自己的房间里，在床上躺着呢。没看书，也没画画什么的，就只是躺着听。"

"听？"塔比瑟小心翼翼地问道。

"嗯，并不是真在听，因为也没什么可听的，就是看上去像是在听。"

"我去看看他。"塔比瑟大声说道，"如果真有什么不对劲，我看看他会不会告诉我。或许他在学校遇到麻烦了。"

"他老师没提到过什么麻烦。"克莱尔一边半信半疑地说，一边又回去对付洋葱了。

正像克莱尔说的那样，巴尼正躺在床上"听"。他一动也不动，看上去一点儿生气都没有。有那么一会儿，塔比瑟提心吊胆地想他是不是死了，不过接着他就睁开了眼睛，茫然地看着她。塔比瑟走到他的床边，碰了碰他，能感受到他周围的空气中有什么在搏动。接着，她听到了他一直在听的声音：离得越来越近的脚步声，来自某个神秘国度，甚至可能不是这个世界的一部分。塔比瑟朝房间四下里看了看。傍晚的阳光还照在墙上，金粉色的光芒洒满了整个房间。巴尼的

飞机模型和他的书都在，都和平时一样，可是就在它们上面、在它们中间，那脚步声在悄悄地接近，在稳稳地向前。这脚步声令她很生气。

"我不明白你怎么能就这么躺着，什么事也不做！"她冲他喊道。

"我能做什么呢？"巴尼的声音听上去既疲惫又烦躁，"对我周围的空气我也做不了什么，是不是？你没法儿像喷苍蝇一样喷死那些脚步声。"

"你可以试着弄明白是怎么回事呀！"塔比瑟说，"这终归是有原因的，你知道的。"

"是有原因，不过不是因为我做过的事。"巴尼反驳道，"而是因为我出生前就已经发生的事。你看，假如这一切是因为我是家里年纪最小的，那没能成为最大的那个也不是我能说了算的呀，是不是？"

"你可以去问，去弄明白呀！"塔比瑟干脆地说道，"这就是我正在为你做的事。比如，我今天下午就跟盖伊叔公聊了聊。"

巴尼竟然坐了起来。

魔法师的
接班人

"你怎么能这么做?!"他叫道,"你真跟他说我的事了?"塔比瑟禁不住有些内疚,不过也只有一点点。

"我并没保证不告诉盖伊叔公。"她说,"而且我很高兴我告诉他了,因为他说了很多令人感兴趣的事。我不像你!我必须要知道发生了什么事。"

巴尼看着塔比瑟,好像她是某个和他自己完全不同的物种标本。他不知道该怎么跟她解释,那些脚步声像是不停敲击出来的鼓点,充满了他的脑子,令他根本没有多余的心思去好奇,甚至都没有心思去担心克莱尔。他怎么能解释明白呢?在这个熟悉的世界里,他看到了他这一辈子从没去过的地方、从没见过的东西:一座绿色的、圆形的小山丘,山上遍布着绵羊,看起来像是山上长满了大大的雏菊;波涛翻滚的海岸线,海浪打在岩石上,溅起巨大的浪花和泡沫,瞬时给灰色的天空镶上了"蕾丝"和"珍珠";就在十分钟前,他眼前出现的是一片潮水退去后的泥地,上面有数道黑色的痕迹,是大型动物,也许是马留下的脚印,这些痕迹如同单词与句子,为那些动物记录下它们游荡的故事,但却不是巴尼能读懂的故事。这些景象来去都很神秘,毫无预兆,在塔比

瑟进来之前,巴尼一直皱着眉头看着。它们是另外一个人眼中的景象,这些景象是作为礼物、作为承诺送给巴尼的,因为看到这些景象的那个人认为它们很美,想要与人分享。

塔比瑟急切地把她拜访盖伊叔公的细节滔滔不绝地讲了出来,尤其是斯高乐家魔法师的那部分。家族魔咒、被烧掉的信件、太外婆的专制、溺亡的男孩……那些旧事从她上下翻飞的舌头上一一进出。她越讲越兴奋,整张脸都在放光。她告诉巴尼关于科尔叔公——那个魔法师男孩的秘密,告诉他科尔的母亲,也就是太外婆,不知道出于什么原因,十分憎恨魔法。不过在她说话的时候,巴尼看得出来,塔比瑟在留着什么事到最后才说。她脸上的表情既郑重又激动,一看就是藏了很多秘密,快要憋不住了。现在,她终于要告诉他了,她知道自己接下来的话会令他大吃一惊。

"然后……"塔比瑟戏剧性地停顿了一下,"然后,他说——你在认真听吗,巴尼?因为这太让人难以置信了——他们在整理巴纳比叔公的文件资料时……"

"我记得你刚才说那些文件资料都被烧掉了。"巴尼提出异议。

"不,不是那些文件,是另外一些。我觉得可能是巴纳比叔公的收入纳税证明、停车收据这一类的东西。反正他们在翻看这些东西时,发现了科尔叔公写的信!他一直在给巴纳比叔公写信!你明白了吗?他没死!他不是鬼魂,你也没被幽灵缠上,完全是另一回事!"

"信?!科尔叔公用不着寄信!"巴尼大声说道。

塔比瑟忽然向后倒在了椅子上。

"盖伊叔公就是这么说的。他觉得很可能是巴纳比叔公喜欢收信。话说回来,你难道一点儿都不惊讶吗?"塔比瑟满怀希望地冲巴尼笑了笑。

"我已经猜到他可能没死了。"巴尼回答道,"刚开始我以为他死了,因为大家都这么说。可是他让人感觉很有生气,所以我就越来越觉得他可能没有死。反正,就是他,管他是什么呢。他正经过一个个地方朝我走来,并在他到达之前先把他的想法传递过来。好吧,不是幽灵,他更像是一道影子,穿过整个世界,已经离我越来越近了。"

"他是什么样子的呢?"塔比瑟问。

"非常模糊。"巴尼说,"我觉得,他可以是任何样子。不

过我认得他的手掌和他猫头鹰似的眼睛,我还能听出他的声音。我永远都能认出他。这种感觉更像是尝出一种味道,而不是认出一张脸。"

塔比瑟一头倒在了巴尼的床尾,不耐烦地扭动着身体。"什么意思呀?"她大叫道,"凡事都得有意义!"

"我告诉过你,"巴尼说,"他很孤独。他想让我跟他做朋友。"

"可他不可能只是为了这个目的。"塔比瑟气哼哼地说,"老天爷,如果就是为了这个,那就跟他做朋友!我们就别再想这事了。跟他做朋友,别再让你自己生病了。"

"他太奇怪、太恐怖了……"巴尼打着寒战小声说道,"就像黑暗,或者是一个山洞想要跟你做朋友。嗯,就是那种感觉,就像一个山洞在那里等着你,你不得不走进去,然后就再也出不来了。"

塔比瑟坐起身来。她想要尝试从一个新的方向出击。

"特洛伊!"她说,"我们可以问问特洛伊。她记得我们的妈妈,记得斯高乐家的人。她还有那张老照片。特洛伊也许知道什么有用的信息。"

"她不会比盖伊叔公知道得更多。"巴尼拒绝道,"而且盖伊叔公也什么都做不了。他并没告诉你怎么让脚步声停下来,对吧?"

"他说他会保持联络。"塔比瑟说着跳下床,"可是他不相信有人或者幽灵在跟踪你。他有自己的一套理论,就是你正在变成一个斯高乐家的魔法师,因为周六的时候你让外公家充斥着电流。来吧,咱们去问问特洛伊。她这会儿很可能在她自己的房间。"

巴尼站起身,顺从地跟在塔比瑟身后。他知道,如果不去试试她的新计划,她是不会放过他的。他们来到走廊尽头的房间门口,这里便是特洛伊的房间。塔比瑟连门都没敲,直接推开房门走了进去,巴尼不太情愿地、慢吞吞地跟在她身后,闯进了特洛伊一个人的世界里。

巴尼和塔比瑟都不是那种整洁的孩子,就算把所有东西都拿起来放好,床单也都铺平整了,他们的房间还是看起来像是几分钟以前很乱,十分钟以后还会很乱的样子。整洁在他们那里不受欢迎。而特洛伊的房间与之相反,总是很整洁。特洛伊会把东西弄整齐、掸干净、叠好,再收起来,这一

点家里每个人都知道。可是今天,特洛伊的整洁有些不一样,即便知道会很整洁,也还是令人震惊:她书橱里的书完全按开本大小排列,都拉到了搁板边缘,既没有超出半厘米,也没有缩进半厘米;她床上的被子非常平整,被子的四角弄得和医院病床上的被子一个样;特洛伊的作业整整齐齐地摊开在书桌上,好像她打算在上面做心脏手术;她小小的字布满了整页纸,就像一只只脚上蘸了墨水的小昆虫组成的军团,非常精确地在纸上留下行军的痕迹。字写得那么小、那么干净整洁,这让塔比瑟有些不自在,尽管她也不知道为什么会有这种感觉。大家都知道整洁是好事,可为什么特洛伊整洁的房间看起来却莫名其妙地让人感觉很疯狂,很……失常呢?

特洛伊站在屋子的中间,她看上去似乎是这里唯一不整洁的"东西"。她转过身面向他们,苍白的脸从乌云般的黑发间望向外面,就像一个幽灵从黑暗塔顶的窗口向外看。"嗨!"她突然说道,"你们要干吗?"

在这里,沉闷的脚步声好像忽然间更响亮了。巴尼心烦意乱地四下张望着。塔比瑟看着他,皱起了眉头,在她需要支持的时候他却心不在焉,这让她很是气恼。她并不知道,巴尼此时正看到一大群蓝色的小蝴蝶从一丛绿草和野花中飞舞起来。

塔比瑟又转向了特洛伊。

"是巴尼!"她说,"他被幽灵缠上了,哦,不是真的幽灵,更像是被谁跟踪了。"

这是今天第二次讲这件事了,塔比瑟的声音有些虚弱无力,这让她有些沮丧。不过让她没想到的是,特洛伊的脸上露出了近乎疯狂的表情,是那种正挣扎在痛苦或怀疑中的人脸上才会有的表情。即使是现在,她的脸已经在尽量平静下来,在变回特洛伊平时那张冷静的、没有表情的脸,你也依然能从她倒竖的眉毛和紧闭的嘴唇上看出,特洛伊好像正在跟她身体里的另一个自己搏斗。

"怎么了?"塔比瑟问,"你看上去很热,很烦躁。"

"没怎么,是作业。"特洛伊简短地说道,"你知道的!"塔比瑟看了看特洛伊书桌上摊开的那一页页整洁的作业。

"那个,巴尼被幽灵缠上是怎么回事?"特洛伊看着巴尼说道,"我觉得他看起来挺好的。"

塔比瑟又继续讲那个故事,同时希望巴尼能替自己说上两句,或是能做点什么让特洛伊看看这事有多严重。可是巴尼什么都没说,只是四下张望,看着那些别人看不到的蝴蝶。

"嗯,我觉得听起来挺怪的。"特洛伊听塔比瑟讲完后说道,"你真的不是在编故事吗?"

"当然不是。"塔比瑟说,"你听不见脚步声吗?"她抓起特洛伊的手放在巴尼的肩膀上。那脚步声很近,近得让人感到窒息,它们充斥着整个房间,在寂静中穿过,什么都没改变,可是听上去就是会让人觉得它们会一直这样跟随着,直到世界的尽头。

"听见了吧?"塔比瑟轻声问道。

特洛伊的脸就像戴了张面具,表情既不焦虑也不轻蔑。

"我什么都没听见。"她说,"我为什么要听见?没什么可听的。"

这下连巴尼都有了反应。他像塔比瑟一样,难以置信地盯着特洛伊,惊讶得微微张着嘴巴。

"可是你一定听得到!"塔比瑟大声叫道,"现在脚步声已经非常大了,谁都能听见。你站到我现在站的地方来。"

特洛伊不情愿地往前挪了一两步。

"我还是听不到。"她耸了耸瘦削的肩膀,说,"你们是在玩游戏吗?我可没心情玩游戏。"

塔比瑟简直不敢相信。

"天哪,真是活见鬼了!"她再次大声叫道,"我还以为只有巴尼呢,现在恐怕我也被传染上了!好了,特洛伊,你再听一次!我听得清清楚楚的。你确定你连一声脚步声都听不见吗?"

"没什么可听的。"特洛伊固执地回答。

"我跟你说过了。"巴尼对塔比瑟说,"你已经告诉两个人了,可是并没有什么用,什么都没改变,除了……"

在他四周的空气中,他感受到了一种暴风雨前的宁静。这两天形成的平衡就要被打破了,有什么新的东西在冲向他,速度快到让他无法理解。

"除了等,什么都做不了!"他绝望地大声喊道,"只能等着,就只能这样!"他冲塔比瑟喊出了最后几个字。而等他说完,脚步声也消失了。

房间里安静下来,只有巴尼喊叫的回声隐隐回荡在天花板上。然后,四周又陷入了寂静。

"脚步声消失了。"塔比瑟说,"脚步声消失了,是吧,巴尼?"

巴尼点点头。房间里再一次鸦雀无声。

这时,走廊里的电话突然响了起来,尖厉的铃声打破了寂静。

他们谁都没动。最后,克莱尔不得不从厨房里走出来,接起电话。

"巴尼,是找你的!"她叫道。

巴尼还是站着没动。

"去吧。"特洛伊冲门口偏了偏头说,"电话,巴尼!找你的!"

"我不想接。"巴尼说。

"巴尼!"克莱尔不耐烦地大声叫道。

巴尼慢腾腾地穿过走廊。因为不情愿,他感觉听筒拿在手里都变得沉甸甸的。克莱尔站在厨房门口好奇地看着他,是父母在有陌生人打电话找自己孩子时会有的那种好奇。

"喂？"他很小声地说。

电话那头儿的人长出了一口气。

"是巴纳比吗？"那人问道。是那个样子模糊的人那熟悉而沙哑的声音。

"巴尼！我叫巴尼！"巴尼有些恼火地低声说道。

"我到了。"那个声音说，"我来到你住的小镇上了。"

"我知道。"巴尼回答。他知道克莱尔就站在他的身后听着，没有离开。

"我现在就能去见你。"那个声音说，"不过我觉得，你可能需要时间习惯有我这么个人存在。我知道，你觉得所有这些都很奇怪。"

巴尼一声不吭。

"巴尼，你在吗？"那个声音问道，"你能听见我说话吗？你能听见我说话吗？"

"你弄错人了！"终于，巴尼大叫道，"你要找的人不是我！你弄错了！"

"我觉得没有。"那个声音说，"我敢肯定那个人就是你，只不过你自己还不知道。一开始的时候，我们并不清楚自己

是什么样的人。"

"我知道!"巴尼急切地说道,"现在我知道了!我不是!那个人不是我!"

电话那边传来轻轻的笑声。

"你会弄明白的。"那个声音说,"回头见。"

"到底是谁呀?"克莱尔问。

"没谁!"巴尼背对着她说,"是学校的同学在闹着玩。"

他疲惫地穿过走廊,从塔比瑟身边挤过去,走进自己的房间,然后关上了房门。

8. 被恐惧融化

  那天晚上克莱尔做的晚饭特别可口，但全家人谁都不说话，都一声不响地闷头儿吃饭。塔比瑟头一回在对一些事情困惑不解时却不想谈论；特洛伊皱着眉头，心不在焉地吃着；巴尼也没什么要说的。克莱尔看看这个，瞅瞅那个，她也变得非常安静，有些勉强地低头吃着。爸爸坐下的时候原本心情很好，不过因为他的问题只得到了几个字的回答，他的评论也没人理睬，他也就不再说话了。他困惑而又警觉地吃着饭，就好像在和一群不好相处、甚至怀有敌意的人待在一

起。然后,毫无预兆地,克莱尔扔下刀叉,双手捧着脸哭了起来。

"亲爱的!"爸爸慌忙向她伸出一只手,袖口却蹭上了肉汤,"克莱尔,亲爱的,出什么事了?"

"没事!"克莱尔像个孩子一样伤心地哭喊着,"没事!哦,怎么能没事!"然后她又哭了起来。"我觉得自己很失败!"她说,"我一直都想脾气好一点儿,可遇到事我还是会烦躁发火。现在我觉得自己很失败。特洛伊看起来好像……我不知道……她看起来好像正在内心深处把自己撕成碎片。而巴尼看起来像个幽灵。我知道有什么事不对劲,可他就是不肯告诉我是什么。"

"我挺好的!"塔比瑟急切地说道。

"嗯,甚至是你,今天晚上也很安静。"克莱尔说,然后又带着眼泪咯咯地笑了,"有时候我无比希望你能闭嘴,可是等你真闭嘴了,我敢肯定,一定是有什么事情不对劲了。"

爸爸看着他的孩子们。

"当父亲的不容易了解这些。"他说,"我一整天都在外面上班。真的有什么事不对劲吗?"

巴尼看向塔比瑟。

"我早就和你说过。"塔比瑟忍不住冲巴尼抱怨道。

而真正回答这个问题的却是特洛伊。

"谁都没做错什么。"她说,"克莱尔,和你确实没有一点儿关系——或许其中一部分和你有关系,但也只是有一点点关系。比如,巴尼对新宝宝的出生很担心。他觉得如果他让你心烦,你可能会在生孩子的时候死掉,因为我们的妈妈就在生他的时候去世了。你和爸爸尽量不对生宝宝这件事大惊小怪,认为这样就不会让他担心,但你们很可能说得还不够明白。我觉得,应该没人告诉过他妈妈的心脏不好,可是你却壮得像头牛。"

"谢谢!"克莱尔说,她又是哭又是笑的,"哦,天哪!我流鼻涕了,我没有手帕。等一下。"

"让你的鼻涕滴得到处都是会毁了你做的可口的饭菜。"塔比瑟同意道,"快点儿,克莱尔。"

不过,她嘴里说着,眼睛却盯着特洛伊,她搞不懂,并没人告诉特洛伊,特洛伊是怎么知道巴尼担心克莱尔的。而她呢,作为未来的、伟大的小说家,却得通过问问题才能知道。

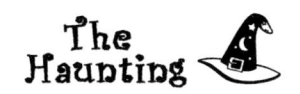

巴尼也在盯着特洛伊看,好像她当着他的面表演了一个魔术一样。他对克莱尔的担心就这样在餐桌上被无意间说了出来,他的担心好像立马就减轻了,也更容易应付了。特洛伊看着他,脸上闪过一丝笑容,还带着点内疚,也许是因为她明知巴尼想保密却还是把秘密公之于众了。

"真的假的,巴尼?"爸爸问道。

"真的。"巴尼咕哝着。

特洛伊还没说完。

"在您和克莱尔结婚之前的那段时间,巴尼要比我和塔比瑟更不容易。"她说,"盖恩斯太太喜欢女孩,不喜欢小男孩,所以她对巴尼不是特别好。倒不是会欺负他,就是对他关注不够,没什么感情。"在克莱尔嫁到他们家之前,盖恩斯太太负责照顾帕尔默家的孩子们。

"她说过她不喜欢男孩。"塔比瑟告发道,"她一直在说男孩子老是惹麻烦,因为她自己的儿子就很麻烦。她好像根本没注意到巴尼一点儿都不麻烦,就好像她把她儿子惹的麻烦都算在了巴尼头上。其实巴尼什么都没做,他不该被那样对待。"

"而你们俩谁都没想到要告诉我吗?!"爸爸生气地说。

"拜托!"特洛伊说,"别这么幼稚好吗,爸爸!你知道了又能怎么办?你真会再去找别人吗?雇用盖恩斯太太多方便哪,她家离得近,人很可靠,而且收费还不高。另外,很多时候你自己都那么痛苦……我们没必要把知道的都告诉你,除非告诉你能改变些什么。有些事既然你无法改变就只能忍着。我们都是这样。你过去是这样,我是这样,巴尼也是这样。事情该是什么样就是什么样。"

这次,轮到爸爸惊恐地盯着特洛伊了,一副秘密被人揭穿的样子。"你好像知道得挺多呀。"他不自在地说。特洛伊没笑出声,巴尼从来不记得听见她笑出声过,不过,她露出了罕见的微笑。

她手心冲上,朝爸爸伸出一只手。

"给吉普赛人点钱吧!"她说,"我和你住在一起那么久,一天一天又一天,我不可能什么事都不知道吧。"

爸爸仍旧不自在地盯着她看。这时,克莱尔回到了餐厅里。她不光擤了鼻涕,还洗了脸,除了眼睛还红红的,她看起来已经差不多恢复正常了。

"都好了!"她说,"哦,天哪!为什么哭总是会让你觉得自己很傻呢?我觉得不应该,真的。"

"克莱尔,亲爱的,大家都爱你。"爸爸笨口拙舌地对她说,然后又陷入了沉默。

"你看,我说对了吧!"塔比瑟转向巴尼,"我早跟你说了,如果你不说出来会让她更担心,而且我不同意特洛伊说的话,你就应该有什么说什么。这就是我要当小说家的原因——想说就说。"

"什么都说的人最后的结局就是没什么可说。"特洛伊毫不客气地评论道。

"哈哈!很精辟嘛!"塔比瑟兴奋地大叫道,像是早已期待这场对话的到来,"既然我们提到了'说'这个话题,我一直都很好奇,你整天皱着眉头,把自己关在房间里,大多数时候什么话都不说,你真的不闷吗?有时候我都觉得自己好像是和一个特务住在同一栋房子里。"

"我喜欢皱眉头。"特洛伊说,"我把微笑留起来,当作款待朋友的珍贵礼物。"

"什么朋友?"塔比瑟问,"你没有朋友。"

"我的家人。"特洛伊回答,"你和巴尼,还有克莱尔和爸爸。你可能没注意到,我有很多的作业要做。我还要准备考试,是真正的考试,不是那种不管怎样谁都能通过的垃圾考试。所以我一点儿都不觉得闷。"她开始吃盘子里还没吃完的东西,那样子好像在说"不要再问问题了"。

"克莱尔,"塔比瑟继续说道,"我保证我今天晚上不会为了洗碗争吵。虽然并没轮到我洗碗,但如果你说该我洗,我会露出天使一样的微笑,然后照你说的去做。也许明天也可以。不过我不能保证后天,到那时候我可能就恢复正常了。我没办法一次当那么长时间的好人。"

"塔比瑟,你可真乖。"克莱尔说,"哦,天哪!真是太蠢了……哦,亲爱的,不是说你,说我自己呢!"

"今天晚上我和巴尼洗碗。"爸爸说,"我觉得我们俩应该补上一些共处的时光。如果需要去厨房洗碗才能单独待一会儿,那么这就是我们必须付出的代价。"

"我来帮忙!"塔比瑟忽然好奇起来,可是爸爸微笑着冲她摇了摇头。"好吧,洗你们的破碗去吧!我才不在乎呢!我有些很重要的事要做,那我就去做了,就这样!"

厨房里很安静。帕尔默先生很会洗碗,他仔细冲洗每一个盘子,然后在洗碗槽里放满干净的热水,还有闪闪发亮的洗洁精泡泡,哪怕是炖锅那种洗碗时最难对付的家伙,他清理起来也游刃有余。

在弥漫着轻柔雾气的厨房里,巴尼觉得聊起克莱尔和她的新宝宝变得轻松了许多,听爸爸说到死去的母亲时也不再那么害怕了。

"她的心脏不好。"爸爸说,"医生告诉她,生孩子这件事对她来说一直都会有风险。可是她很坚决。嗯,我们有了特洛伊。我想我们很幸运,有一个就够了!但我们又有了塔比瑟,我觉得这样就已经是个美满的家庭了。可是黛芙喜欢孩子。'再要个小宝宝吧,这次要个男孩!'她说。可怜的黛芙,她的运气用光了,她那该死的心脏放弃了她。她去世了。"

"她知道生下来的是我吗?"巴尼充满渴望地问道,"她知道我是个男孩吗?"

"我不知道。希望她知道吧。"爸爸伤心地说,"她说起来的时候好像一直都知道你是个男孩,她好像也一直知道特洛伊和塔比瑟会是女孩。知不知道都没什么要紧,不管怎样她都爱你,男孩也好,女孩也罢。现在,克莱尔也爱你。克莱尔……嗯,就像特洛伊说的,克莱尔壮得像头牛。我们又有好运了,巴尼,没什么可担心的。"

巴尼深深吸了口气。"不光是这件事……"他开始说了,洗碗好像让被幽灵缠上,以及科尔叔公进入他的生活、进到他的脑子里这些事变得容易开口多了。"不是鬼魂。"巴尼解释说,"有点儿像幽灵,如果有幽灵这回事的话……"他把塔比瑟问他,然后去找盖伊叔公的过程,把盖伊叔公说的斯高乐家魔法师的故事,还有盖伊叔公觉得他有可能是斯高乐家的下一个魔法师的推测——告诉了爸爸。爸爸听着,一言不发。巴尼不知道爸爸在想些什么,不知道他是不是相信自己告诉他的这些事。

"盖伊叔公说,我释放出了一种电流,就像科尔叔公当年那样。"巴尼继续说道,"然后他告诉塔比瑟,他和阿博瑞克叔公在巴纳比叔公家发现了科尔叔公写来的信,他们认为科尔叔公根本就没有死。我和塔比瑟也觉得,因为巴纳比叔公去世了,科尔叔公很孤单,所以他想让我代替巴纳比叔公当他的朋友。"

"也许他喜欢这个名字。"爸爸严肃地说,"所以,这就是为什么盖伊叔公觉得有必要给我们打电话,告诉我们他觉得这个、这个科尔叔公还活着……当时我觉得他这么做很奇怪。"

巴尼仔细地擦着一把餐刀。

"科尔叔公认为我是他的朋友。"他接着刚才的话说道,"因为他觉得我和他是同一种人。可我不是。我知道我不是。可是他不相信我。"

"你非常确定他不是……不是另外一个你想象出来的人吗?"爸爸的语气非常温和,他害怕会伤害巴尼的感情,会让他再度沉默不语,"我的意思是,巴尼,你的想象力确实非常丰富。你可能会想象出另外一个像螳螂哥一样的朋友,只是换成了科尔叔公的名字,因为一位不知去向的叔公听起来更……更浪漫。"

"他和那种感觉根本就不一样。"巴尼反驳道,微微打了个冷战,"哦,也许感觉有点儿一样,不过要强烈得多。他给我打电话了,螳螂哥可从来没打过电话。"

"打电话?"爸爸盯着他重复道。巴尼不得不把脚步声突

然消失和走廊里响起电话铃声的事都告诉了爸爸。他说话的时候,手里一直在一遍一遍地擦着刀子,直到爸爸悄悄地把刀子从他的手指间拿走后才停下。巴尼抬头瞥了一眼,看到爸爸关切地看着他,他差点儿就要像克莱尔那样双手捂着脸哭起来了。

"这肯定是世界上最干爽的刀子了。"爸爸开起了玩笑,"你看,巴尼,起码他想成为你的朋友,而不是敌人。别太担心。"

可是,现在巴尼不得不继续把那个秘密说出来,他甚至都没把这个秘密告诉纠缠不休的塔比瑟。

"他想带我走……"他结结巴巴地说,"他说要带我跟他走,我们可以一起做魔法师。他觉得他是在拯救我。可是我不想走……"

"我的天哪!"爸爸喃喃自语着。突然,他更大声地说道:"我的天哪,我不会同意的!你属于这里,和我们在一起!那个什么魔法师叔公,不管是真是假,都不能从我们身边把你带走!你是我们的儿子,巴尼,永远不要忘了。没人能把你带走!"

"不管是真是假……"爸爸刚才这样说。他很认真地对待巴尼告诉他的事,可是他并没有真的相信科尔叔公会带走他。巴尼觉得科尔叔公足够强大,不管爸爸和克莱尔愿不愿意让他走,科尔叔公都会带走他,从家人和朋友的脑海里抹掉对他的记忆。不过,听到爸爸说得这么坚决、这么肯定,他还是很高兴。

"不管这是不是你编出来的,也不管科尔·斯高乐是不是世界上最伟大的魔法师,你始终是我们的孩子。"爸爸反复说道,"巴尼,你听见了吗?不要一副不相信的样子!你是黛芙和我的儿子,你也是克莱尔和我的儿子。我们永远不会让任何人带走你!"

就算是你对有些事半信半疑,但听到有人一遍一遍地亲口告诉你,你也会相信那是真的。在巴尼心中某个怯懦的角落,他曾经害怕,当新宝宝一来,这个家里就没有足够的卧室了。也许,仅仅是也许,他就要让出自己的卧室。他想过,如果有人想说服爸爸和克莱尔,让他被可怕的科尔叔公带走,那这恐怕是再充足不过的理由了。不过,爸爸的话给了他信心。他已经很多天没这么高兴了。

洗完碗,他兴高采烈地走出了厨房,发现自己又可以笑出声来了。和塔比瑟吵吵闹闹地玩了一局抓鱼游戏后,他回到自己的卧室,没听到脚步声,接过那个电话之后也再没收到过任何信息。他不知道自己是不是已经把它们赶出了自己的脑海,反正现在,他的脑子里没有科尔叔公的痕迹。

他打开灯,房间里熟悉的东西映入他的眼帘:他的书桌、飞机模型、照片、柔软又蓬松的枕头、放在床边的拖鞋……克莱尔把东西都整理好了,房间看起来很舒适。他的书放在五斗橱上,准备上床睡觉的时候,他走过去拿书,然后在旁边的全身镜前站了一会儿,欣赏着映在镜子里的房间。开始时,他只看身后房间里的摆设,没注意镜中的自己。最后,当他的目光扫到镜子里自己的眼睛时,他吃惊地发现,他看到的眼睛并不是自己的眼睛。虽然那双眼睛也是圆圆的、金黄色的,和他自己的眼睛有一点儿像,可它们是属于科尔叔公——那位斯高乐家魔法师的,野性的、猫头鹰似的眼睛。当他更仔细地看时,发现脸也不完全是他自己的脸,很像,但还是不一样。眉毛更平,更像特洛伊的眉毛。表情带着阴郁的机警,是一张危险的面孔。而他很肯定,自己的脸

一点儿都不危险。这不是一张邪恶的、坏人的脸,巴尼甚至觉得自己喜欢这张脸,尽管可能只是因为那些和他自己的脸相像的部分给了他这种感觉。父亲做出的保证,以及确定自己不会被送走的信心让巴尼变得勇敢起来,他好奇地盯了回去。然后,那嘴唇动了,一个声音——一个孩子的声音,不过仍然带着他熟悉的沙哑——在他的脑子里说话了:

"巴尼!你知道的,我们是兄弟,跨越时间的兄弟。"

巴尼感觉自己的脸在发生变化,恐惧迅速传遍了他的全身,他觉得身上一会儿热,一会儿冷。科尔叔公离他很近,近到可以改变镜子里的影像,把他自己的眼神投射进镜中巴尼的眼睛里。他的微笑和巴尼自己的微笑非常像,这个"人"简直太可怕了!巴尼站在那里,他还醒着,却在经历着一场噩梦。即便他发现科尔叔公因为自己的恐惧而变得苦恼起来,也没办法让自己不再害怕。

"请不要……"那个声音说,"我只是想……我现在就走。"

镜面突然一闪,镜子里的影像又变回巴尼自己了。那是一张饱受折磨的脸,五官被恐惧扭曲成了奇怪的角度,差不多和科尔叔公那双野性的、猫头鹰似的眼睛一样令人震惊。

  巴尼噌地跳上床,把毯子拉过来裹在身上。他的床上很暖和,作为某种晚安惊喜,克莱尔还在他的床上放了个热水袋。此时,巴尼感受到的惊喜远比克莱尔原本想要给的多得多,他正因恐惧而浑身发抖。从第一次撞见幽灵以后,还没有什么能让他如此恐惧过。他感觉自己就像件外套,一件夹克衫,科尔叔公想穿就穿,想脱就脱,可以随心所欲地使用。他躺在毯子下面,觉得自己早晚会被黑暗与恐惧融化掉。他已经讲了他的事,大家爱他,想要保护他,可还是什么都没能改变。他渴望能马上睡着,可睡眠不是条听话的狗,你希望它来它就会来。巴尼转过脸对着墙,想着等克莱尔过来亲他、跟他道晚安的时候,他该对她说些什么。他好像被冻住了,可同时又好像要融化掉了,他开始了和漫漫长夜的搏斗。

9. 家里的黑色飓风

巴尼后来确实睡着了,可是睡得不太好。在他心神不宁、半昏半醒的梦里,整栋房子好像都在烦躁不安。他听到了走廊里走来走去的脚步声,听到了电话铃声,还听到了说话声。有那么一阵,他觉得他听见克莱尔的声音:"我不相信!他们都疯了,但他们可不能把巴尼也变成疯子!我不会让他们这么做!"

早上醒来后,巴尼感觉不太舒服。他的头很疼,像是一个不通风的房间,里面有个人一直在气喘吁吁地敲鼓。像平

魔法师的接班人

常的早上一样，门外不时有说话声传来，可是巴尼却一动不动地躺着，假设着现在已经没人能看见他的人或是听见他的声音，他也已经不再是这栋房子和这个家的一部分了。然后，他就看到塔比瑟蹦蹦跳跳地走了进来，她的笔记本就塞在她的睡袍口袋里，他不可能注意不到。

"我生病了。"他小声说。然后她就又跳着出去了。"巴尼病了！他真的病了！"她边跑过走廊边喊。克莱尔和爸爸一块儿走进来，看着他。

"去请医生吧！"爸爸说。

"很可能只是流感。"克莱尔果断地说道，"流感和焦虑！也许用蜂蜜冲服半片阿司匹林，再喝一杯柠檬水就行。别担心，除了流感，我不会让它变成别的毛病。"

巴尼冲她微微笑了笑，后来，为了让她高兴还喝了柠檬水。奇怪的是，他一直都知道头疼的人并不是他，是科尔叔公传递出的痛苦流进了他身体里。一大早，在这个小镇上的某个地方，科尔正在四处游荡，看着他记忆中的那些地方。街道的格局、那座老图书馆，还有镇上的广场，这些都让他很痛苦。他不是有意把痛苦传递给巴尼的，可是它们慢慢渗

透过来,让巴尼的头疼了起来,因为他们离得真的很近。

特洛伊像只高高瘦瘦、长着黑色鬃毛的长颈鹿一样大步走进来,严肃地看着他。

"这不公平。"她说。与其说她是在跟巴尼说话,倒不如说她是在跟她自己说话。说完,她就踩着那双笨重的学生鞋咚咚地走出去了。

巴尼感到头疼从痛苦的头疼变成了悲伤的头疼。在外面的小镇上,科尔正因为很多年前的事感到伤心,而且因为某种原因,他似乎还有些害怕。渐渐地,巴尼的头疼越来越轻了。他睡着了。

醒来的时候,他感觉好多了。克莱尔来到他房间里,在那个鼓鼓囊囊的旧沙发上躺了一会儿。"把脚垫高"——如果你快要生小孩儿了,这是你不得不做的一件事。她就这样躺着和巴尼说着小宝宝的事,同时手里还在给小宝宝缝着一件衣服。那会是个男孩,一个弟弟,这样帕尔默家就有两个男孩,两个女孩了。过了一会儿,她起身去泡茶。巴尼也被允许下床走动了。白天穿着睡袍让他有一种与众不同的、特别的感觉,他很享受这种感觉。

魔法师的接班人

塔比瑟放学回到家,急不可耐地谈论着她的老师和同学们。特洛伊回到家,也泡了一杯茶,然后坐在客厅角落里被窗帘挡住一半的藤椅上,听克莱尔和塔比瑟聊天儿,她自己一句话也没说。

"嘿!"克莱尔说,"怎么回事呀?平时特洛伊会直接回房间,而塔比瑟会给自己做几个三明治,然后去游泳或者去别人家玩。为什么我们现在都在这儿坐着?发生了什么?"

"我不知道。"塔比瑟说,"我只是觉得我陪你一会儿你会高兴。我去上学的时候你在家肯定觉得很无聊。"

"好吧,既然你在家,"克莱尔大笑着说,"那我不如去商店买点奶油,再买袋胡椒粒。你帮我照看一下巴尼,可以吗?"

"他看起来好多了。"塔比瑟说,"我希望他已经做出决定了。"克莱尔没有接话,她把从图书馆借的书和正在做的针线活儿放在桌上,走出客厅,进厨房去了。有那么几分钟,帕尔默家的客厅里安静又放松,因为塔比瑟开始看书了,巴尼和特洛伊在各自默想着自己的心事。

后门有敲门声传来。但是,巴尼感觉那敲门声好像就响

在他的脑子里,是从他的耳朵里传出来,而不是从外面传进去的。

"进来!"塔比瑟漫不经心地喊了一声。

"别!"巴尼急切地低声说。可是太晚了。门外的那个人已经受到了邀请。他们听到后门被打开,然后是脚步声。接着,客厅的门把手转动了一下,客厅的门被打开了。科尔叔公走进了房间。塔比瑟往前探着身子,张大了嘴巴,特洛伊向后缩了缩,巴尼坐着没动。

他知道这是他第一次见到科尔叔公,不是幻觉,不是在梦里,也不是什么幽灵,而是一个真正的人。他大约五十岁,比巴尼的爸爸大不了几岁,微笑的脸上没有阴影,在夏日充足的光线下可以看得很清楚。这一次,别人也能看到他,他不再是巴尼的"专属幻觉"了。他那双金黄色的、狂野的、猫头鹰似的眼睛,被一副银丝边眼镜框了起来,棕色的头发很长,不过并没有像魔法师的头发那样飘起来。科尔叔公看上去几乎就是个普通人。巴尼惊讶地发现自己也在冲科尔叔公微笑,好像见到了一个老朋友一般。而更让巴尼吃惊的,是他发现自己还挺喜欢科尔叔公的,不过同时也会害怕对方。

魔法师的接班人

等我长大了,我看起来会是他那个样子,巴尼想,不过不完全是那个样子。巴尼也说不清楚自己的感觉,他只是觉得科尔叔公看起来就像个有着成人外表的孩子。

不过,这个男人身上还是有些让他感到害怕的东西。它们藏在他的身体里,就像一个攥紧的拳头,应该向周围世界打开的时候却握得紧紧的,本应自由生长的某种力量却在这个长着猫头鹰般眼睛的魔法师身上受到了阻碍。从某种层面来讲,他依然是那个打一出生就和自己的母亲斗争的、愤怒的小宝宝,还是那个活得像个野兽,拒绝在一个全副武装要打败他、逼他否认自己特殊天赋的家里说话的孩子。

正是因为科尔叔公身上有着黑暗的孩子气的部分,所以尽管他就站在塔比瑟和特洛伊中间,却能做到完全无视她们的存在。他和巴尼说话的时候,就仿佛这个房间里只有巴尼一个人。

"你看,我来了。"他开心地说道,"我没那么可怕,是不是?"

巴尼小心翼翼地回了一个微笑,不过是真正的微笑,不只是出于礼貌。

"在我的梦里,你不戴眼镜。"他说。

"不会吧!"科尔轻声惊叫道,"不戴眼镜我就像只蝙蝠一样瞎。是不是很好笑?你知道,我能愈合割伤和擦伤,可是对于近视却无能为力,我也不知道为什么。当然,我也不知道自己出现在别人脑子里时会是什么样子,因为那主要取决于那个人脑子里已经有的东西。你会弄明白的。"

"不!"巴尼叫道,"不是我!你弄错了!"

科尔看上去确实被巴尼弄得有点儿糊涂了。

"你和我想的是不太一样。"他承认道,"我刚开始知道你的时候,大概是三四年前,那时你很强大,就像是一道火焰、一颗流星,划过我的天空,像一支箭笔直射向了我!然后,我去问巴纳比关于你们家的事,他说确实有个男孩,不过不是魔法师,他觉得不是。但我不可能弄错。就这样,我一次又一次地感知到你的魔法力量,直到一年前。从那以后,就只有小小的闪光了。不过巴尼,你知道人们常说,只有同类才最了解彼此。我既然已经知道你的存在了,就不能假装不知道。我猜测,不知出于什么原因,你的家人正在毁掉你的天赋,哦,不是有意的,也许甚至是出于好心。我就是还没弄明白是怎么回事。总之,我觉得你的魔法力量正在消失,我想帮你留住它。"

塔比瑟觉得这话太过分了。

"嘿!"她气哼哼地喊道,"你在说我们吗?我们才不会毁掉他的天赋。如果他会魔法,我们会跟他说'去吧,去当魔法师,不要让我们妨碍你',我们还会从图书馆借书帮助他。如果他真的是个魔法师,我们绝对不会毁掉他的魔法力量。可他并不是!"她说完后,瞥了巴尼一眼,那样子好像帮了他多大忙似的。

科尔转身看着她,好像才发现她在那里。

"我不是说你们有意这么做。"他解释说,"塔比瑟,想想吧——你是塔比瑟,对吧——比方说,你是个聪明的园丁,可是如果你没认出那些美丽的植物,你还是会拔掉它们。除非你认出来了,不然在你眼中,它们可能就像野草一样。巴尼遇到的就是这样的情况。相信我,我是要帮他,不是要伤害他!我想要拯救他。"

"不,你不是!"塔比瑟很快反驳道,态度很粗鲁,"你只是害怕孤独,甚至连我都知道是这么回事!如果你想帮助

他,那你以前为什么不为他做点什么呢?你没做,是不是?你只是想帮助你自己,不是巴尼!"

"我没有什么魔法力量。"巴尼执拗地说,"如果我有,我会知道。可我并没有。"

"你觉得他'带电'吗?"塔比瑟问道,"盖伊叔公说你小时候'带电'。他说,在房子里的任何地方都能感受到你发出的电流。可巴尼并没有,对不对?"

科尔看上去有些疑惑了。他的眼睛闪烁了一下,收起了脸上的笑容。他抬头看着他周围的空气,仔细查看着,寻找这道难题的答案。

"奇怪的是,他身上好像没有。"他最后说道,"可是,整个房间都因为他的电流在发光,窗帘杆、灯罩,甚至连桌子都在发光。"

在他犹豫不决的时候,塔比瑟带着满脸的怀疑环顾着整个房间,特别是那张他们常年在上面吃饭、做作业、玩扑克和大富翁游戏,桌面都磨损了的旧桌子。

"那张桌子!"她大声说道,"就算是用了抛光剂也不会发光的!"

"我能看到它在发光。"科尔说,"斯高乐家的人能看得出来。"他看上去更迷惑了:"相信我,这整个房间都在反射着来自某个地方的魔法力量,有什么东西带着斯高乐家魔法师的光芒在燃烧。肯定是巴尼!肯定是!我猜,他应该是学会了我一直都没学会的技能——如何隐藏自己。"

科尔转向巴尼,眼睛里发着光,好像真的映出了从什么地方照来的强光。这光让他的眼睛发亮,但并没有令他感到目眩。

"巴尼,"他说,"我们已经当了大概五天的同伴。我比你生活中的任何一个人离你都要近。我是你镜中的影像,记得吗?你也是我的!就放弃所有这些吧,我们可以离开,没人能阻挡我们。"

他挥动着修长的手指,他说的'所有这些'是指那张旧桌子、那绿色的窗帘、破旧的地毯,还有那几把椅子(每把椅子都有自己的个性,从那把椅背笔直、坐起来极不舒服的、后面刻着一只鸟的椅子,到那把大大的、软软的、巴尼自己正坐着的扶手椅)。他指的是对巴尼来说代表了"家"的一切,包括塔比瑟和特洛伊——他的姐姐们。

塔比瑟跳了起来。

"不许碰他!"她大声喊道,不过对科尔来说,她连只蛾子都不如,随手就能掸掉。与此同时,巴尼感觉到有什么东西开始在科尔身上逐渐形成,一股螺旋状的力量开始旋转,好像他在把自己旋转成某种狂怒的风暴。椅子扶手太宽,没法儿抓牢,可巴尼还是紧紧抓住了。他的指甲发出了微弱的抓挠声,但对大家来说却好像声音很大。

"我不能放弃,因为我不愿意去!"巴尼固执地盯着地面说道。

"好样的,巴尼!"塔比瑟叫道。此时,巴尼绝望地在脑海和记忆中搜寻着,想看看是不是连一丁点儿可以用来保护自己和姐姐们的魔法都找不到。如果有,哪怕它藏得再深,他都必须要找到它。可是,什么都没有,除了一些任何人都会有的、平常的快乐和伤心。

这一次,科尔的笑容的确让人毛骨悚然。

"你可能不得不走。"他非常温和地说。这句话像鼓声一样落在巴尼、塔比瑟和特洛伊的耳朵里,低沉却威严。

"哦,据我所知,"一个新的声音响起,"没有充分的理由,在这个家里没有谁有不得不做的事。在巴尼不得不为您做什么事之前,有人,比如说我,想知道您的理由是什么,科尔·斯高乐先生。"

是克莱尔。她站在门口,购物袋松松垮垮地挂在胳膊上。她来得正是时候,巴尼想。他现在仍然能感觉到在科尔身上聚集的、螺旋桨般旋转着的那股力量,也许再过一会儿,科尔就会变成黑色的飓风,将房子吹成一片瓦砾,然后像猎人带走猎物一样带走巴尼。

克莱尔的声音因为愤怒变得响亮而充满力量,黑色的飓风在她面前慢慢平静了下来。有那么一会儿,科尔站在那里一动不动,然后,他微笑着转过身,面对着克莱尔。

10. 魔法师现身

"我知道你是谁,不过你来这里做什么?"克莱尔凶巴巴地问道,"你怎么敢就这样走进我的家?"

"是有人请我进来的。"科尔平静地指出了这一点,"我敲了门,他们就让我进来了。"

"我不知道是他!"塔比瑟大声说道,"我真的不知道,克莱尔。"

"我也不知道。"巴尼补充道,因为塔比瑟的声音听上去很着急,也很内疚。

"不管怎样,我都会来的。"科尔说,"为什么不呢?"

"我来告诉你为什么不……"克莱尔迟疑了一下,"因为……因为我还没想清楚是怎么一回事。不过不管怎样,你已经把巴尼吓坏了!他昨天晚上告诉他爸爸,你在跟着他。然后你哥哥盖伊过来告诉我们,告诉我们一个故事,哦,我简直不敢相信!我不相信斯高乐家魔法师的故事……"

科尔只比克莱尔高一两英寸,他迅速而优雅地把一根手指轻轻放在克莱尔生气的嘴巴上。这让她吃了一惊,停了下来。

"嘘——"他说,语气嘲讽而又亲切,好像他在跟一个敌人说话,而他恰巧还挺喜欢这个敌人,"你想让我证明一下,对吗?不了!还是问问巴尼吧。他是个可靠的孩子,对吧?问问他吧,然后相信他说的话。"

"是真的,克莱尔!"巴尼急匆匆地大声说,"他是个魔法师。"

克莱尔蓝色的眼睛越过科尔的手指,看着科尔微笑的面孔,然后又看向巴尼焦急不安的脸庞。两双金黄色的眼睛,一双透着狂野,一双带着恳求,都在看着她。她抓住科尔

的手腕,拉开了他的手。

"巴尼很可靠。"她厉声说道,"可是他只有八岁,还是个孩子,很容易受骗。你还有脸跟我说你不想证明,你不会指望我仅凭一个被吓坏了的孩子的话就相信那些不可思议的事吧?我一点儿都不相信!你卷入的是你们斯高乐家的噩梦,我当然看不出这和我的巴尼有什么关系。"

"你的巴尼?"科尔挑起了眉毛,"你的?"

"他就是我的!"克莱尔回答,"这个家的每个人都归属于其他所有人,确切点说,每个人都要和其他人待在一起!我已经照顾他一年了,给他熨烫衬衫,给他做带去学校的午餐,还给他讲故事,他身上穿的睡袍都是我做的。而上周的这个时候,甚至都没人知道你还活着!最重要的是,他想做我们的巴尼,而不想做你的巴尼。这才是最重要的!"

"可你看看我们!"科尔说,"我和巴尼,我们几乎就像是同一场人生中不同时期的同一个人。我们看起来不应该在一起吗?另外,你要的证明从某些方面来说有点儿麻烦。"

"我敢肯定是这样。"克莱尔嘲讽地说道,"因为我不是小孩子,我不会被什么面具、脚步声,或是任何你用来吓唬巴尼的伎俩所欺骗。据我所知，你甚至都把塔比瑟吓得够呛！"

巴尼能感觉到科尔黑色的愤怒风暴猛地抬起了头。不过等科尔开口的时候，他的声音却听起来轻松愉快，甚至有些漫不经心。

"哦，我可以做到。"他说，"我可以一遍又一遍地证明斯高乐家魔法师的天性和能力，这样你就不会对此有任何疑虑了。"他那双猫头鹰一样的眼睛在房间里四处打量着，然后，他看到了克莱尔在图书馆借的书和桌子上的针线包。他仿若不经意地拿起那本书，冲克莱尔摇了摇头，说："不过，你知道吗，你可能会讨厌这个证明，可能你看过之后会更希望还是不证明的好。这才是麻烦所在——如果它美妙、温和，人们会以为是魔术把戏；如果它很强大，那人们又会害怕。"

他漫不经心地打开了书，眼睛还在看着克莱尔："没人喜欢我的证明！当然，如果他们太害怕了，他们会相信，但是接下来，他们就会恨我。我不想吓到任何人，我也不希望有人恨我。"

"你让自己被人喜欢的方式还真是滑稽呀!"克莱尔气哼哼地回敬道,"我可没那么容易被吓到。就算你给我看我最害怕的噩梦,我……"这时,科尔把那本打开的书拿给她看,她不自觉地向下扫了一眼,话说了一半就突然停了下来,惊恐地盯着那本书。

塔比瑟、特洛伊和巴尼看不到科尔给她看的那一页,也猜不到是什么能让克莱尔被吓得说不出话来。巴尼离她最近,他只能瞥到那是一幅画,一幅闪烁的、动态的画。克莱尔继续凝视着打开的书页,眼睛睁得更圆了,甚至浑身都开始颤抖。这时,科尔往前倾了倾身子,冲着她的耳朵小声说了句什么,与此同时,一个黑乎乎、毛茸茸,长着很多条腿,嘴巴里还发出咔哒咔哒响声的东西,从书页间猛地蹿出来,冲她的脸跳了过去。克莱尔尖叫着打掉了科尔手里的书,那个像蜘蛛一样的东西随之消失在了半空中,而那本掉下去的书朝上翻开的几页,就只是非常普通的印刷品的书页。

巴尼往前一蹿,身子撞向科尔,用拳头使劲捶打他。塔比瑟有些不知所措,她什么都没做,只是张着嘴巴呆站在原地。特洛伊立刻从房间那边走过来,一只胳膊搂着克莱尔的肩膀,一只手蒙住她的眼睛,像是在保护她,不让她看到可怕的景象。

"你看到了?"科尔大声喊道,他不再微笑,伸手把愤怒的巴尼推到离自己一臂远的地方,"你们这些人!你们总是要证据,可是等你们得到证据后又讨厌它。我告诉过你们,也警告过你们,我只是做了你们让我做的事!"

克莱尔不到一分钟就恢复了正常。她轻轻推开特洛伊,把巴尼拉到身边,用虽然还在颤抖但是威严的声音说:"行了!别打了,巴尼!他是对的。他只是做了我让他做的事。他给了我证据,一个我不得不相信的证据。"她勇敢地看向科尔:"所以你会读心术吗?"

"那只是一部分。"科尔说,"我能进入人的头脑,读到人们的想法和记忆,我也会变身。"

"他做什么了?"塔比瑟问。

克莱尔长长地叹了口气。

"他给我看了我的一个梦,不是个好梦。"她说,"是我像巴尼这么大的时候做过的一个梦。我非常害怕,从来不敢说起它。总会有些你不能说的事,对吧?我在那本书里又看到

了那个梦中的场景,然后,就像你们刚才见到的那样,那个东西冲我跳了过来。科尔还重复了我梦里听到的话,而滑稽的是,直到听到那些话的那一刻,我才发现自己其实已经把它们忘了。"

"什么话?"塔比瑟一边急切地问,一边伸手去拿笔记本。不过克莱尔笑了一下,冲她摇了摇头。

"不!"她说,"现在不行!改天吧,塔比瑟。"

塔比瑟把她的好奇心转向了科尔。

"你就不能做点让人愉快的事吗?"她问,"非得是可怕的事吗?"

"我可以做很多令人愉快的事。"科尔说着,呼吸变得急促起来,他这会儿看起来其实比克莱尔还要恐慌和沮丧,"我可以做很多令人愉快的事,可是人们并不会因此而信服。不过呢……你们自己看吧!"

笑容开始犹犹豫豫地回到了他的脸上,他用手指在桌边敲击起来。接着,像是回声一样,另一种不同的敲击声响了起来,是鼓声,而且声音由小渐大,越来越强。然后,长笛加入进来了,再然后是小号、长号和小提琴。一支由老鼠组

魔法师的接班人

成的迷你管弦乐队就这样从克莱尔的针线包里排着队走了出来,就像儿童图画书里的插画活过来了一样。这支乐队一边演奏着乐器,一边沿着桌边跳舞,直到它们回到针线包之前的最后一秒钟,还在摇晃着长尾巴,发出吱吱的老鼠的笑声。塔比瑟、巴尼、克莱尔和特洛伊在这个过程中一直望着它们,脸上都露出了温柔的表情。

"我的针线包里有老鼠!"克莱尔叫道,想做出生气的样子。"这怎么能是真的呢!"塔比瑟回过神来,也大声叫道。而巴尼之前就已经知道科尔的魔法能控制人的梦境了。科尔给克莱尔看了她的噩梦,吓到了她,现在,他在给她建造一个快乐的梦,让她沉醉其中,好让她暂时忘记他是个危险人物,忘了他只专注于自己的目的。

接着,科尔看到一卷蓝色的布料,他往外一拽,把克莱尔正在缝制的小宝宝的衣服拉了出来。他拿起来抖了抖,衣服似乎在他的手里颤动了几下。当他再次把衣服举起来的时候,那上面已经绣上了花朵和蕨类植物,还有一群小老鼠。它们有的敲鼓,有的吹长笛,还有的吹小号和长号。它们把尾巴连在一起,形成了环状的图案。然后,他把衣服递给

克莱尔。

"送给你女儿。"他说。

"我女儿?"克莱尔惊叫道,"我的……"她用一只手拿过衣服,另一只手抚摸着自己隆起的腹部,小宝宝正在那里快乐地长大。她的声音越来越小,脸上的表情变得既平静又神秘,这种表情巴尼从来没见过。在这一刻,她和她的宝宝像是在一个没有其他人的房间里静静地独处。

"真的是……"她开口道。

"真的!"科尔回答,"你知道,我能听见她的梦。"

刚开始克莱尔很气愤,然后她又很害怕。跳舞的老鼠让她高兴起来,可是现在她又害怕了,就像巴尼昨晚被科尔取代了镜子里的影像时的那种害怕。

"您走吧!"她说,"请放过我们吧!"

"我要带着巴尼走。"科尔说,"他和你们在一起会变得一无是处。"

"你是会魔法,"克莱尔对科尔说,"可是你疯了,疯到以为可以就这么闯进我们家来把一个孩子带走!我们绝对不会让你带走他!"

魔法师的接班人

科尔把眼镜拉下来架在鼻翼上,从眼镜上方看着她。这是个滑稽的动作,可是他看起来并不滑稽。"这么说来,不管你们愿不愿意,我都要带走他了。"他说。

就在这时,远远地传来了大门门闩发出的碰撞声,然后是说话声和脚步声。有一个人的脚步声和其他人的脚步声分开了,明显是跑在了其他人的前面。然后,门廊的门被人急匆匆地打开了,接着,客厅的门也猛地被推开了——是爸爸回来了,比大家想的早回来一个小时。

"克莱尔!"他大声叫道,"你还好吗?巴尼没事吧?"

"我们现在还好。"克莱尔说,爸爸伸手搂住了她。"可你是怎么知道的?"她接着问道,"你怎么知道我们需要你呢?""我接到一个'电话'。"爸爸回答,"不是我平时那种电话,不过确实是个'电话'。有人在我的耳边小声说巴尼需要帮助,虽然并没有人真的在跟我耳语。"科尔瞥了一眼巴尼,巴尼只是摇了摇头。"不过,我觉得不是只有我接到了那个'电话'。"爸爸继续说道,"我还没弄明白为什么,不过我想我们家要来客人了。"

他们都听到门廊的门又被打开了,这次的脚步声要慢

一些,而且是好几个人的脚步声同时穿过门廊。

"是谁呀?"克莱尔问。

"家庭聚会……"爸爸若有所思地回答,目光越过克莱尔的头顶看向科尔,"我想您就是科尔·斯高乐先生吧。科尔舅舅,祝贺您并没有去世,不过等一会儿,您可能会希望自己还不如去世了呢。瞧好儿吧,孩子们。"

客厅的门开了,斯高乐外公外婆走了进来,不过可不止他们俩。在他们中间是斯高乐太外婆,她左手挽着外公的右胳膊,右手拄着她那根标志性的银色狗头拐杖,像个穿戴得一丝不苟的、生气的古董人偶。

就像科尔刚进来时那样,她也只对这房间里的一个人感兴趣,只不过这次不是巴尼,而是科尔自己。她黑色的眼睛紧盯着他,带着强烈的恨意紧盯着他,那神情好像她既想拥有他,又很排斥他。

"克莱尔,亲爱的……"外婆有些心烦意乱,"像这样打扰你们,真是抱歉,不知道你会怎么想我们,先是周日,然后是今天……可是她突然坚持要来,非常突然! 她很……嗯,差不多有些歇斯底里,非常坚决地认为我们应该放下手头的所有事，立刻赶到你们家来。我真怕她会把自己急出病来，所以我们只能……"

"珍尼特，"外公打断她说，"是科尔。"

外婆的眼神有些恍惚地在房间里四处打量，然后，她发现了站在桌边的科尔。

"哦，科尔！"她的声音都变了，"哦，科尔，你都这么老了……天哪，这是什么话呀，我比你可老多了……不过真的，亲爱的，你看起来气色不太好。"

"珍尼特，又见到你真高兴。"科尔很有礼貌地回答，"你看起来气色不错，本。当然你也一样，母亲。"

他的声音听起来很轻松，甚至很愉快，不过巴尼能感觉到科尔有些惊慌，还不仅仅是惊慌。面对他的哥哥嫂子，最重要的是面对他那可怕的老母亲，科尔害怕了。那些糟糕的记忆让他近乎窒息，他在和它们搏斗，他让那黑色的飓风再一次地在他身上凝聚、升起。巴尼在自己的脑袋里看到一团旋转的黑云，一边旋转一边向外扩大，充满了科尔的脑袋，就像一股浓浓的黑烟弥漫开来，弄暗了一间灯火通明的屋子，房间里的东西全都看不见了。

"确实看起来不错!"太外婆咬牙切齿地说,她的假牙对她来说有点儿太大,让她看起来更像个巫婆了。她的声音不大,却很刺耳:"看起来不错!这就是你要跟我说的吗?你为什么要回来?你来这里干什么?"

"我想看看黛芙的孩子们,不可以吗?"科尔说道。

"是呀,科尔,没什么不可以的。"外公说,"我们很高兴见到你。"

太外婆斜着眼睛看着塔比瑟、特洛伊和巴尼,他们都一声不响地坐在旁边。

"原来如此。"她低声怒喝道,"你想要那个男孩,是不是?你知道他和你一样也有那种邪恶的能力,你想让他成为你的追随者。我现在全明白了!你很坏,科尔,很坏。很多年前,为什么淹死的不是你,而是另一个孩子呢?这个世界真是不公平!"

大人们马上七嘴八舌地抗议起来。巴尼听见外婆说:"母亲,别那么说!明天您会为这句话后悔的。"

"后悔?!"太外婆尖刻地说道,"珍尼特,别把那个词安在我身上。我可不是你们这些脆弱、爱抱怨、爱后悔的人。何况,我这么老了,更不会再为什么事后悔了。"她的恼怒进入巴尼的脑子里,她带来的风比科尔带来的风更阴郁、更冰冷,击退了科尔的黑色飓风。

巴尼震惊地看着太外婆。一个关于她的、不太可能的新想法开始在巴尼的脑子里微弱地闪烁,好像他正在把自己小小的、遥远的闪电加到这场风暴中去。

"够了!"一个新的声音响起,可是巴尼不知道这句话是真的有人说出来的,还是又不知怎的传入他脑子里的。看起来应该只有他听到了,因为大人们并没有对此做出反应,依然非常生气,还有些不知所措。这会儿,科尔像条咧嘴咆哮的狗,冲他的母亲露出了牙齿。

"你因为一件事后悔过!"他大叫道,"你后悔生了我,亲爱的母亲!不过我不会为了让你满意就去死。我不会消失。我要带走巴尼,让他成为和我一样的魔法师。我要把你撕成一千块碎片,把你撒到世界各地去,让你变成一千片寸草不生的沙漠。我会抹掉所有认识我们的人头脑里有关你、我,还有巴尼的记忆。我会重建这个世界,这样我们就可以生活在其中且永远不会被人看见。你知道我能这么做,我能做的

比这还要多!"

"那就做呀!"他的母亲尖叫着、颤抖着,不过不是因为害怕,"你这个怪胎!你这个怪物!不过我不怕你,是你怕我!科尔,在内心深处,你太软弱了。你只是梦想着做这些事,可你不会做的,不然的话你早就做了!你一直害怕我。我可能不会魔法,可是我比你强大!"

巴尼再也受不了了。

"不要!"他对科尔大声喊道,"不要伤害任何人!我去!我去!"

"巴尼!"爸爸抓过他的胳膊,抓得紧紧的。

"够了!"那个新的声音又响起了。有人站起来,走了过来。这一次大家都听见了,因为它比科尔沙哑的声音和太外婆尖细的声音更有力,更强大。

大家都转头看向那个说话的人,是特洛伊。

太外婆轻蔑地扫了特洛伊一眼:"不够……"

不过她的话马上就被打断了。

"你怎么能……"特洛伊说,"你怎么能这么对人说话?!你这个霸道的老太婆,他比你强十倍!"

魔法师的接班人

太外婆冷冷地瞥了特洛伊一眼。"没你什么事！"她尖叫道，"像你这样的孩子，你不会明白的！"

"不，我明白！"特洛伊反驳了她，然后补充道，"还记得伊丽莎白的头发吗，太外婆？还有那个邪恶的女孩，是她点火烧着了头发。我知道这事，也知道别的事。"

她的话改变了这个客厅里的形势：科尔往后退了几步，好奇地扫了特洛伊一眼，但并没有完全解除他释放的风暴；其他帕尔默和斯高乐家的人看上去都有些迷惑不解；而太外婆向后跟跄了几步，好像特洛伊推了她一下似的，然后，她瞪大了眼睛，好像特洛伊在她的眼前变成了一条会说话的毒蛇。

"我曾跟我自己保证，我永远都不会……我跟我自己保证，不管发生什么事，我什么都不会说，什么都不会做……"特洛伊继续说道，虽然有一点儿磕巴，但能感觉到她对自己和接下来要说的话都很有把握，"我向自己保证，我不会让别人发现我的身份。这么多年来，我在这个家里进进出出，多数时间都躲在自己的房间里。我就那么坐着，没说一个字。一个字也不说！可是现在，我得说出来了。"她看向她的

父亲。

"是我叫你来救巴尼的。"她说,"不过我没叫她。你们觉得她是怎么知道科尔在这儿的呢?你们觉得她为什么这么恨魔法,为什么受不了在她住的镇子上有魔法存在呢?那是因为她自己就是个魔法师!这就是原因!她一生下来就是个魔法师,有一次,在她还很小的时候,她用魔法做了件可怕的事情。她嫉妒她姐姐伊丽莎白的头发,让她的头发着了火。问问她这件事是不是真的!魔法把她吓坏了。从那以后,她下定决心要把魔法赶出她的生活,并摧毁自己的特殊天赋。她不停地清理,把所有野性的部分都变成自己可以利用的棋子。然后,她成功了。她的魔法力量消失了。可是,其他好的东西也随之一起消失了。因为她杀死的不光是她自己的特殊天赋,还有她灵魂的一部分。真正可怕的是,她知道她失去的是什么,所以她受不了在其他人身上看见她失去的东西,一想到别人可能喜欢甚至享受魔法,她就会发疯。"特洛伊转向科尔:"这么多年来,你以为她在跟你作对,其实她也同样在跟她自己作对。我可不愿意去回想那些事,它们简直太蠢了!"

147

听着特洛伊这一连串蔑视的话,太外婆的脊背仿佛弯了几分。不过,等特洛伊终于说完时,她又把腰挺了起来。

"那你是怎么知道这些的?"她气哼哼地咕哝着,"你怎么知道伊丽莎白的头发的?你怎么会知道我的那么多事?"

"因为在我的脑子里有你的一些记忆。"特洛伊说,"你从未告诉过任何人,但是我能记得你做过。我也有科尔的一些记忆。如果我非说不可,我并不害怕说出来。我不害怕做我自己。"她又转身面对着科尔,直视着他那猫头鹰一样的眼睛。

"住在这栋房子里的没有斯高乐家的魔法师。"她说,"不过有一个帕尔默家的魔法师。这个魔法师不是巴尼,是我!"

11. 不一样的接班人

特洛伊一旦开始说话,就像打开了闸门的洪水,根本停不下来了。科尔陷在长沙发里面,塔比瑟坐在他旁边。外公外婆轻手轻脚地搀着太外婆坐到扶手椅上。

"我一直都知道我是个魔法师,我也一直知道我必须把身份隐藏起来,甚至在我还是个小宝宝的时候,我就知道了。还不止这些,妈妈告诉我要守住这个秘密,这是在巴尼出生之前的事。"

"黛芙?"爸爸开口问道,他还站在自家的客厅里,一只胳膊搂着克莱尔，另一只手放在巴尼的肩膀上，"黛芙知道？是黛芙告诉你的？"

"是的，在我快五岁时的一天早上，就在巴尼出生前不久，你去上班了，她让我和她一起躺在床上，告诉我她要稍微离开一段时间，等她回来的时候我就会有个小弟弟了。然后，她说如果她没有回来，在一段时间里我要非常小心。她当时说，'特洛伊，你知道你脑子里金色的那部分，有魔法的那部分，在你真正长大成人之前，不要让任何人知道这一点'。她还告诉我，她的一个叔叔脑子里也有那个金色的部分，他因为这个吃了很多苦。她没觉察到我已经知道了很多科尔的事，因为我能记起他。"特洛伊看向科尔，"她不知道你的一些记忆已经进到我的脑子里。我有来自斯高乐家所有魔法师的记忆，尽管对一些古老的记忆，我不一定能判断出是属于谁的，或者代表了什么意思。而关于你，我记得最清楚的，是你过去常做木质玩具，太外婆总是会找到那些玩具，然后把它们烧掉。当然了，我四岁的时候特别喜欢有关那些玩具的记忆。"

太外婆坐在那里，头使劲向前梗着。眼泪从她的眼睛里

溢出来,消失在纵横交错的皱纹里,但那不是悲伤的眼泪。

"只有一种制作木质玩具的方法。"太外婆说,"弄到木头,用刀削,再用刀刻,然后钉钉子、涂颜料。有一天,这些玩具做好了,木质的龙、鳄鱼、小丑、鸟,前前后后摆了一走廊。我烧掉了很多次,我还能再烧一次。"

科尔低下头,用双手捂住了脸。

"可黛芙是怎么知道的?"爸爸看着特洛伊,不太相信她的话,"她没跟我提过一个字。"

"她和巴尼一样。"特洛伊回答,"斯高乐家的很多人都和他一样。巴纳比叔公也是。他们很容易感知别人的想法和感情,我猜,他们能读懂一点儿别人的心思。这是一种共情力,有共情力的斯高乐家的人会在不自知的情况下调整自己的频率,从而和其他人感同身受。这就是为什么科尔很容易就能联系上巴尼,这也是为什么我能为巴尼制造出那些朋友——螳螂哥和其他那几个。我回想起那些木质玩具引起的麻烦,觉得我应该可以造出能陪巴尼玩的东西,不过得是别人看不到的东西。所以我给他制造出了螳螂哥它们,因为我知道他很失落,也不开心。"她带着歉意看向克莱尔:

"当然,你来了以后,他变得开心了许多,我就让那些东西都消失了。"

"我觉得……"爸爸说,"我们都有点儿疯了……还有点儿糊涂了。巴尼和科尔的事影响到了我们,让我们觉得一切都有可能。"

"我没疯,也不糊涂!"特洛伊说,"我可以演示给你们看。"

"不!"克莱尔和科尔异口同声地说道。

爸爸看了看这个,又瞧了瞧那个,有些吃惊。

克莱尔解释道:"如果让她演示,那所有的一切就都不一样了。如果她这样做了,她就再不是原来的特洛伊了。"

"会把人吓坏的。"科尔同意道,"人们讨厌受到惊吓。"

"让我演示吧!"特洛伊央求道,"反正我也不会是原来的特洛伊了。给我这个自由吧!不是噩梦,我保证!"

她伸出胳膊,变成了一棵开花的树、一只飞翔的鸟、一个燃烧着的女孩、一个由许多星星组成的生物。她和周围世界之间的界限消失了。她缩成了一颗种子大小,然后又变得大而朦胧,像薄雾在房间里弥漫开来。再一次燃烧后,她又变回了特洛伊。

房间里很安静,好像有一只蟋蟀在家人们周围歌唱,但大家不是用耳朵听到的,而是从内心感受到的。

太外婆先说话了。

"我看的、听的都够多了,太多了。"她说道,"我这一辈子一直在和这种反常的事,这种邪恶的、非自然的能力做斗争。只要具有一点点坚强的性格、一点点无私的品质就完全能战胜它。可惜我活了这么大岁数,竟然亲眼见到我的重外孙女在为这种能力而沾沾自喜。不要以为我会改变看法,特洛伊,我再也不想看见你了。"

"哦,我的想法很不一样。"外婆说,"亲爱的特洛伊,别担心。你能从以往的沉默和挣扎中解脱,对我们大家来说只会是件好事。亲爱的,我祝贺你成为一名魔法师。"

"我也祝贺你。"外公说,他胡子拉碴地亲了亲特洛伊的脸颊,"我们可以想办法见面,甚至……不过我们现在还不能讨论这些。"

"本,我不会改变主意的!"太外婆厉声说道。

"哦,看起来好像在这个家里,除了我,每个人都很特别。"塔比瑟以一种十分强硬的方式插入了谈话,"每个人都能当魔法师,或者会读心术,就只剩下我是个普通人,尽管我才是从一开始就不想当普通人的那一个!既然我这么普通,那从现在开始,我应该是太外婆最喜欢的孩子了,她可以在遗嘱里把她的财产留给我。"

"你有你的小说。"特洛伊说,"别忘了,你会成为世界闻名的小说家。"

"我知道,可是那好难哪!"塔比瑟抱怨道,"这不公平!"她一边说着,一边跟外公外婆拥抱告别。

"太外婆,你想让我抱一下吗?我知道你很多时候很不友好,不过我不介意抱抱你,因为你这么瘦小,心情这么糟糕,还没人同意你的意见。"塔比瑟说。

"我不需要拥抱。"在塔比瑟用双手搂住她的时候,老太太生硬地回答,"我可能很老了,但你知道我并不脆弱。我可不是个布娃娃。"

"你是钢铁太婆!"塔比瑟有些钦佩地说。太外婆的嘴角扯出了一丝淡淡的微笑,好像受到称赞还是会让她有一点点开心。

"我们俩很快会再回来。"外公对大家说,"科尔,你可别消失。我们想再见见你——在更放松的场合。我知道盖伊和阿博瑞克也很想见你。"

说完他们就离开了。

"喝杯茶吗?"爸爸说,"我甚至可以来杯威士忌!谁知道一会儿还会有什么不可思议的事发生……而且我饿了,今晚我来做晚饭吧!科尔,你愿意和我们一起吃个煮鸡蛋吗?"

"哪至于呀!"克莱尔说道,"我去弄点米饭和……"她有些犹豫地看了看科尔,他两只手捧着脸,肩膀往前耸着,一副惨兮兮的、被打败了的样子。

"别管他了。"爸爸说,他的声音听起来好像很同情科尔。"所有的这一切都太让他震惊了。这么多年来,作为唯一一个懂……魔法的人,"他在魔法这个词上迟疑了一下,"最后却发现他差不多和其他人一样也搞错了。也许除了魔法,他是时候学习点其他的了——不仅仅是当个魔法师,而是成为一个更好的、更完整的人。这也是我自己要学习的东西。我很幸运,我有几个好帮手。"

特洛伊轻轻晃了晃科尔的肩膀。"他也会有好帮手的。"

她说着,跪在科尔身边,注视着他的眼睛。

"我们有很多话要聊一聊。"她对科尔说,"不过不用着急,我们有的是时间。何况,弄错了又怎么样?又不是世界末日。在现实生活中,人们总是会犯错。"

"我连想都没想过会是你。"科尔喃喃地说,"他们说,只有斯高乐家的男孩会成为魔法师。我以为肯定是巴尼。"

"谁说的?"特洛伊问,"是太外婆说的,对吧?她是想把自己隐藏起来,你明白的。好了,来吧,咱们去散散步,聊聊天儿,然后或许我们可以回家来吃点东西。行吗,克莱尔?"

"当然行了!"克莱尔说,"我们正好都需要单独待会儿。不过别晚了,特洛伊,要不然我会……"她迟疑了一下,然后笑了起来,不过不完全是开心的笑:"我想,我再也不需要为你担心了,是吗?我觉得,我应该永远不需要为一位魔法师担心。"

"总是会有车祸嘛!"塔比瑟兴奋地说,"一辆车从街角开过来,然后,咚的一下!那得是特别厉害的魔法师才能逃过这一劫。科尔说他对近视束手无策,我觉得,恐怕对一身断了的骨头也好不到哪儿去吧。"

The Haunting

"或者老鹰丢下来一只乌龟。"特洛伊补充道,心情看起来很愉快,"古希腊发生过这种事,一只老鹰把一只乌龟丢在了一个剧作家头上,把他砸死了。"

"这里没有老鹰和乌龟。"塔比瑟说,"不过飞机上倒是有可能掉下来点什么。"

科尔终于大笑起来。

"散步,哪怕是危险的散步,也不错。"他站起身,不知怎么回事,看上去比之前矮小了一些,"有人陪也不错——如果你是说真的,可以一起……吃点东西——如果你们能受得了让我待在这里的话。"

"我来负责他们。"特洛伊说道,"如果他们想和我友好相处,他们就得接受你。反过来也一样,如果你真的需要有人做伴,你也要接受他们。"

她带着科尔走出家门,沿着小路往前走去。屋子里的人听到门闩咔嗒响了一声。

"有一件事是确定无疑了。"爸爸语气沉重地说,"她再也不是原来的特洛伊了。"

"是的,因为从现在开始,她的话会像我一样多。"塔比瑟说,"你们能看得出来,对吧? 我很好奇,如果有两个人一直在说话,这个家会是个什么样子。我猜,你们这些人应该再也插不上话了。"

12. 转动地球

一周以后,巴尼从帕尔默家的大门走进来,门闩欢快地和他打着招呼。他和尼克去游泳了,尼克周一刚转到巴尼的班上,需要有人带他四处看看。塔比瑟拒绝和他们一起去,她炫耀说,她这些天有比游泳更重要、更有意思的事情要做。除了世界闻名的小说,她现在正计划写一个举世闻名的幽灵故事。

克莱尔在外面的花园里不停地拔起一些东西,又种下另外一些东西,同每个忙碌的园丁没什么两样。她披散着头发,正严厉地跟一朵雏菊说话,看起来有点儿像《镜中奇遇记》里的爱丽丝,只不过要胖上许多。

"嗨!"巴尼说。

克莱尔弯着腰,从胳膊下面朝他笑了笑,然后叹了口气,直起身来。

"哦,天哪!对我们来说这越来越困难了。"她说,"我是说我和爱玛。"

爱玛是新妹妹的名字。"她在不耐烦地踢我。"克莱尔抱怨道,"我觉得她想让我进屋喝杯茶。"

"我来泡茶吧。"巴尼主动提议,"然后你可以进屋和爱玛一起坐一会儿。"

"哦,可以吗?谢谢你,巴尼。毕竟夏天不剩几天了,浪费最后的这几天实在很可惜。顺便说一下,大家都在里面,科尔、特洛伊,当然还有塔比瑟,他们正在说……天知道在说些什么。"

巴尼走进屋里。科尔叔公来家里拜访已经是件习以为常的事了,巴尼不知道克莱尔是否已经意识到,科尔叔公打算在他们镇上常住,这样他就再也不会离帕尔默一家,尤其

是特洛伊太远了。他好像正在通过观察帕尔默家的孩子们看书、玩牌、争论该谁洗碗,甚至做作业这些事来了解正常孩子的童年。而另一方面,塔比瑟也在研究科尔叔公。在客厅里,巴尼看到科尔和塔比瑟正坐在桌旁,桌子上放满了塔比瑟的笔记本。他看见离自己最近的那个笔记本的书脊上写着"继母"一词。其实,他知道塔比瑟还买了个新笔记本,专门用来记录科尔叔公的信息,书脊上面写的是"幽灵和魔法师"。

"第一个幽灵……"塔比瑟边说边不停地写着,"你为什么派那个穿蓝色天鹅绒的男孩来找巴尼呢?"她严肃地看着桌子对面的科尔叔公说:"差点儿把他吓死!他一回到家就在门前的台阶上晕倒了,因为他以为那个男孩是在宣告他的死亡。"

"这听上去好像是别人在别的时间做的事似的……"科尔说,"你要知道,我一直都以为他明白正在发生的事,而且,其实我并不是很清楚他到底多大……我以为他只有五岁左右。所以当我努力回忆自己五岁的样子时,我记起的正是那张照片,是我哥哥巴纳比送给我的,在那本剪贴簿里有

161

那张照片和很多别的值得珍藏的东西。你可能以为魔法师不会太在意礼物，但是那件礼物对我来说确实很珍贵。你好，巴尼，游泳游得不错吧？"

"挺好，谢谢！"巴尼回答。在桌子那边，特洛伊伸直了胳膊腿儿趴在长沙发上，下巴抵在沙发的一头儿，头发都快耷拉到地上了。巴尼穿过客厅去厨房烧水泡茶，特洛伊冲巴尼晃了晃右脚，无声地打了个招呼。当他回来的时候，塔比瑟正在问科尔从斯高乐家的老房子离家出走后的生活。

"你都干过什么？"她问，"你靠魔法生活吗？"

"我什么都做过。"科尔说，"我在汉堡店工作过，然后在公园里当园丁。我做过很多种不同的工作。有时候我会用魔法帮自己忙，不过只是在一些小地方用，只是做一些人们不管怎样都会相信的事。后来，我找到一份守夜人的工作，存了点钱，学习了平面设计的课程。现在，我在一家广告公司工作，还为一家剧团兼职设计舞台布景，总之我过得非常开心。"

"那你其实并没有用魔法做太多事。"塔比瑟眼神威严地盯着他。

"只是不想让别人知道。"科尔回答,"但会和巴纳比分享一点点。"

"你没有朋友吗?"塔比瑟不相信。

"哦,我认识上百万个人。"科尔说,"可是没人认识我。这就是为什么巴纳比哥哥对我来说这么重要。我们真的相互了解,不需要解释、隐藏,也不需要伪装。他从来没想过把我赶出他的头脑,我可以在白天或者晚上的任何时候跟他说话,即使这意味着他无法拥有秘密,可怜的家伙。不过你知道吗,他喜欢这种欺骗我们母亲的感觉,这种过着她一无所知的生活的感觉。当她在附近的时候,他会警告我,我就会躲开。很有趣!最近这两个星期里,我比之前任何时候见的人都要多,离得都要近。特洛伊说我还要学习很多东西,成为家庭的一分子能帮我更快学会。"

"我想,是学习怎么能更像个叔公,而少像点魔法师吧!"塔比瑟说。

"怎么能更像个叔公,同时还是个魔法师。"巴尼好心地纠正道。

"我有个建议。"塔比瑟站起身来,"我带你去商店,你给我们买冰激凌当甜点。你从这件'好叔公应该做的事'开始学起,买冰激凌就是你今天的家庭作业,因为我碰巧知道今天晚上的甜点只有水果羹可以吃,克莱尔放的糖从来都不够多。"

科尔嘟囔了一句,不过他还是笑着站了起来。

"别笑!"他回头对特洛伊说。特洛伊正从她的黑头发中间严肃地抬起脸看着他。

"我没笑!"她回答。确实,她脸上一丝笑意都没有。

"你骗不了我。"科尔说,"我和你都知道,笑的方式有很多种,比任何人以为的种类都要多。"

"我要把它们全都学会。"特洛伊说道,"你也一样。"

"遵命,小姐!"科尔点点头,迈着平稳的步子,脸上挂着调皮的笑容,跟着塔比瑟出去了。

屋里就只剩特洛伊和巴尼了。慢慢地,还有点儿不情愿地,他们的目光相遇了。

"是不是还挺滑稽的?"特洛伊慢慢地说,"几天的工夫就有这么多变化。"

"两个星期……嗯,差不多两个星期。"巴尼说,"其实,

是挺长一段时间。"

"爸爸跟我在一起的时候再也不会感到自在了。"特洛伊有些漫不经心地继续说道,"你注意到了吗?他努力把我想成他过去习惯的样子,可是他做不到。我觉得,是这件事太出乎他的意料了。我能感觉到他在看着我,然后……我也说不好,他在躲着我。"

"他是有一点儿。"巴尼说,"我知道他在躲着你。也许他会克服的。"

"如果我小心点,他会好过一些。"特洛伊说,"但他永远不可能完全忘掉了。我知道会是这样,可还是……"

巴尼什么都没说,因为他知道她并不需要他说什么。

"不过终于见到了科尔,我很高兴。"特洛伊继续说着,更像是在跟自己对话,而不是跟巴尼,"能有个不需要跟他解释的人真好。等我毕业了,等我再大一点儿,我们就出发去找别的魔法师。肯定在什么地方还有别的魔法师。然后我们会……"

"会干什么?"巴尼问,不是因为她想让他问,而是因为他自己想知道。

"我们会改变世界。"特洛伊说,"让它在某些方面变得更好。"

"怎么变得更好?在哪些方面?"

"我不知道……同现在不一样的好吧。我现在只知道这些。"

"对大家更好,还是对你们更好?"巴尼狐疑地问。

"我不知道。"特洛伊有些不耐烦地回答,"这么多年来,对我来说,到处都是掩藏的小路和紧闭的房门。我之前有点儿像太外婆,你知道,整理、整理……不停地整理,把精力集中在一些外在形式上,这样我内心的形式才不会变得太强,才不会显露出来被大家看到。直到几天前,我才有时间去思考下一步该做些什么,反正肯定有事可做。"她冲着空中神秘地笑了:"它想自己显露出来。它想被人辨认出来……"

"什么?"

"魔法呀,傻瓜。喂,你注意到水开了吗?已经响了大概两分钟了。"

巴尼走进厨房,泡了一壶茶,然后跑去花园找克莱尔。他们俩一起回来时,特洛伊还伸着胳膊腿儿躺在长沙发上,

视线越过沙发的一边,显然是在盯着地面看。在她的鼻子和地板之间,是很奇怪的一块黑色阴影,是一片夜空。她在专心地盯着它看,就像一个吉普赛女郎在盯着预言水晶球。

克莱尔和巴尼好奇地看着她。

在她的那片黑暗中,有什么东西开始动起来了。一个芥菜籽大小的小太阳在火焰轴上旋转,一粒粒尘埃大小的行星围绕太阳运转。在帕尔默家普通平凡的客厅里,特洛伊正在把太阳系的梦境投射到她用魔法变出来的这片黑暗当中。太阳落下去了,其中一颗行星变大了,是一颗有月亮的行星,这颗行星上有陆地和海洋,还点缀、环绕着大朵的云。而那些云看上去非常像巴尼学校教室里的那个地球仪。特洛伊认真地看着,然后慢慢伸出一根修长的手指,轻轻推了它一下。

"再快一点儿。"她说,然后注视着它,它转得更快了。她像个巫师般邪魅地笑了笑。

"慢一点儿!"她又说道。它就慢了下来。

巴尼和克莱尔没怎么看那颗行星,倒是一直在注意特洛伊的脸,看她高高的颧骨和长长的、低垂的睫毛。她抬起头，看到他们在看她。那片黑暗和旋转的世界马上消失了。特洛伊坐起来，她苍白的脸颊竟然羞得通红，巴尼只是隐约明白她为什么害羞。

"这只不过是个游戏。"她对克莱尔说。克莱尔一直都没开口。

"危险的游戏！"克莱尔回答，脸上没有一丝笑容。

"可是塔比瑟也在玩游戏呀——通过写小说。每个人其实都在玩这个游戏——用梦想转动地球。"特洛伊耸了耸肩膀说。

"但并不是每个人都能做到。"克莱尔冷静地说。

特洛伊跳起来，冲到克莱尔身边，伸出双臂一下子搂住了她。

"别一下子那么冷冰冰的，那么不以为然！我受不了，我也不知道该怎么做。我原来不得不沉默、不得不隐藏起来的时候反倒更容易些……现在全都乱套了！"特洛伊真的哭了起来。

克莱尔拍拍她的后背，说："特洛伊，亲爱的特洛伊，别把事情想象得这么复杂，就差不多继续和你平常一样就好了——做作业、通过考试、做游戏、开玩笑，以及帮助科尔。把注意力集中在你正在做的事上，一样一样地来。然后，我们就等等看。不过现在呢，拜托，为了我们大家，别对自己那么苛刻。"

特洛伊抽了几下鼻子。

"我知道你说得对。"她说，"可是，克莱尔，要是你原来就知道多好……不过你说得对，一样一样地来。都到这一步了，现在失去平衡可就太糟糕了。"接着，她咧嘴苦笑道："其实我的历史课已经落后了，生平第一次，所以我还是……"

特洛伊朝门口走去，快出客厅的时候，她忽然转过身，直勾勾地盯着他们俩。

"不要大惊小怪。"她说，"不过，我真的爱你们俩！"然后，她砰的一声关上了门。过了一会儿，他们听见走廊尽头她自己的房门咔嗒一声关上了。

"茶该凉了。"巴尼说。

"哦，还温着。"克莱尔向他保证，"看，还冒着热气呢。"他们倒上茶，坐在厨房的凳子上喝茶。

"我不想转动地球。"巴尼说，"我不知道我想要什么，但

169

我知道肯定不是转动地球。"

"我也不想!"克莱尔摇了摇头,"可怜的特洛伊!如果你几乎什么事都能做,那选择正确的事去做就更难了。可怜的科尔也是这样,来的时候像头狮子,相处下来以后却像只宠物小羊羔。我猜,大多数人都以为魔法师不会有烦心事,可是他们也有他们的法则。"

"不过还是挺好的。"巴尼说,"我的意思是,这有点儿像在一个狂风骤雨的夜晚过后回到家,发现一切既安全又温暖。然后你就可以坐下来,开始回忆那场风暴。人们讨厌遇到风暴,但是风暴过去后的回忆还是美好的。"

"我们也更像一家人了。"克莱尔说,"我们都会把自己的事告诉家里其他人,我们的关系也更近了。"

"对爸爸来说,特洛伊说得有点儿太多了。"巴尼说,"她觉得,他永远都不会忘掉这些的……他会一直觉得她有点儿让人毛骨悚然。"

"是呀,他也许忘不了。"克莱尔说,"不过时间一长,这事就会越来越没那么重要。他会习惯身边有个姓帕尔默的魔法师这件事的。"

"而塔比瑟会成为世界闻名的小说家。"巴尼说。

"恐怕她真的会。"克莱尔咧嘴笑着同意。

"克莱尔,"巴尼说,"在家人当中有你最喜欢的人,是不是对其他人不公平呢?我的意思是,有个最喜欢的姐妹?"

"不公平,可是有时候会这样的。"克莱尔小心翼翼地说,"为什么这么问?"

"别告诉别人——爱玛是我最喜欢的妹妹。"巴尼小声说道。

"哦,那就是另外一回事了。"克莱尔大笑着说,"那我们得等等看,看她会长成个什么样。"

"我已经知道了。"巴尼说,"她的脸型看起来很像你,可是她的鼻子长得像爸爸。所以她不会特别漂亮,但是很可爱,性格也很好。她会对飞机感兴趣,就像我一样,还有……"

克莱尔拦住了他的话。

"巴尼,"她说,"我不知道你是真的知道,通过什么斯高乐,哦不,是帕尔默家的魔法,还是只是猜测的,反正我不想提前知道这些。再给我倒杯茶,再给你自己拿块饼干,我们来聊聊园艺、说说飞机,或者说点别的完全不一样的事吧。毕竟,对于我们这些普通人来说,人生中还是要留一些惊喜的,你说是吧?"

《魔法师的接班人》共读设计

儿童阅读教师 欧雯

【作品赏析】

最伟大的魔法,名为"爱"

阅读这个故事时,我常常感觉自己的内心像是正在经历一场拔河:一边是不断汹涌而出的暗黑之物——诸如恐怖的声音、漫长的黑夜、神秘的梦境、无边的猜想之类,它们隐秘、无形、幽深,试图用力地将我拉向与巴尼同样的恐惧与无解之境;而另一边,似乎又有一种温暖的力量,在向我诉说些什么,保证些什么……

故事从一个再普通不过的日子开始,那也是小男孩巴尼噩梦的开始——他被"幽灵"缠上了!他先是听到了不知从何处传来的恐怖的声音,紧接着这声音竟然进入了他的脑子,左右着他的意念。巴尼看木偶剧时,"幽灵"在;睡觉时,"幽灵"也在……它真的是个"幽灵"吗?又不太像,因为巴尼觉得他有"生气",与他之前的幻想朋友大不相同。它像是真实存在的。但是存在于哪里呢？巴尼并不知道。

书外的我们也无从得知，只有在紧张中不断地重复着猜测、否定、猜测、印证的过程。

巴尼是个多么坚强的小男孩呀！于我们而言，这段与不知名的恐惧相互较量的时光，不过是短短的几十页纸；可对于巴尼来说，在等待真相慢慢浮出水面的这几日，却像几年、几十年那样漫长与难熬。

所幸，巴尼并不是一个人在战斗。

他简直拥有全世界最棒的家庭。在我们以往的阅读经验里，似乎难以将"继母"与"善良"联系在一起。然而巴尼的继母克莱尔，这位照顾了他一年的母亲，却让我们感受到血缘之外的另一种温暖。

"他放学回到家时，她会拥抱他，问他这一天过得怎么样，也会告诉他她自己这一天过得怎么样；她会安排野餐，为他举办惊喜派对；他作业遇到难题的时候，她也会辅导他。"

巴尼觉得,"在克莱尔来之前,从没有人对他这么体贴、这么宠爱过"。

老天夺走了他的亲生母亲,却又赐给了他一位仁慈善良的继母。当然,还有爸爸和两个姐姐,也是巴尼的坚强后盾。两个姐姐性格截然不同,却都在用自己的方式照护着巴尼,照护这个家。梦想成为"想说就说"的小说家的塔比瑟,是最早发现巴尼被"幽灵"缠身的人,她一方面尽可能地守护巴尼的秘密,另一方面又几次为巴尼挺身而出。在寻找真相的过程中,她一直坚强而果敢,在危急时刻不顾自己的安危,向可能伤害到巴尼的人大喊出"不许碰他"这样的话,真的是"又暖又刚"啊!

家人的时时陪伴,温暖了书里的巴尼,也给书外的我们吃了一颗定心丸——至少我们知道小小的巴尼无论面对怎样的难题,都不会缺少关心与支持。这对于一个孩子的成长来说,无疑是比魔法更加重要的东西。

哦,说到魔法。我们来聊聊魔法吧!

亲爱的孩子,相信你和我一样,曾经幻想过自己也能

魔法师的接班人

拥有魔法——可以将天上的星星装进口袋里，伸手一掏就有亮晶晶的惊喜；或是举起魔法棒一挥，瞬间就能置身于雾气缭绕的仙境；又或者是变出满满一屋子的零食和漫画，最好还能把唠唠叨叨的爸爸妈妈暂时变成木头人！

魔法之于我们，是多么渴望和稀罕的东西呀！它神秘莫测，令人向往，仿佛住在所有人都可望而不可即的远方。

可是读完这本书我才发现，原来，这个世界上也有人不喜欢魔法，原来，拥有魔法也不一定是件好事。

太外婆有魔法，可魔法让她发现了自己心中"恶"的那一部分，于是魔法不仅成了她的噩梦，更毁了她的孩子——科尔的一生。同样是魔法师的科尔叔公，从小在与母亲的抗争中长大，母亲认为他只要下定决心就可以将魔法力量赶出身体。她想征服科尔，并且一直在残忍地惩罚科尔。最终，不堪重负的科尔离开了家。从未享受到家庭温暖的科尔在唯一的知己巴纳比叔公去世后，执意要带走他认为同样是魔法师的巴尼，这才有了我们看到的魔法故事。

而在巴尼的家庭里,真正的魔法师另有其人——是他一直非常安静的姐姐特洛伊。和科尔的母亲一样,特洛伊的母亲也早已知道自己孩子的魔法师身份。但她是怎样对特洛伊说的呢?两位母亲对待自己孩子魔法师身份的不同态度,也许是最终造就两个孩子不同命运的根本原因。

作者梅喜获得过最重要的儿童文学奖项——国际安徒生奖。她非常擅长营造气氛,在她充满神奇色彩的诗性描述中,我们被巴尼和科尔的遭遇紧紧拽住心绪,完完全全在悬疑和惊悚中沉浮。然而作者却又不仅是浮于表面地制造悬念,你瞧,每个人物最终呈现在我们面前的样貌,实际上都有着来自其心灵或者生活的深层次的原因——

太外婆为什么会这么讨厌魔法,与她的童年经历有关;特洛伊为什么那么讲究秩序、热爱整理,与她是魔法师有关;科尔为什么非要带巴尼走,与他安全感的缺失有关……万事万物背后,都有它存在的道理和依据——这也许,正是这个故事的魔力所在——玩得转气氛,又经得起推敲。

一本从第一行就开始书写魔性的书,很难不让人跌入恐惧和怀疑。可是正如我开头所言,这个故事里还存在另一股力量,一直在赋予读者勇气和希望。

当我读到克莱尔因为特洛伊和巴尼在饭桌上的沉默而放声大哭的时候;当我读到巴尼冲上去捶打用魔法吓坏克莱尔的科尔的时候;当我读到特洛伊、塔比瑟和巴尼因不想让爸爸烦心而没有告诉他盖恩斯太太对巴尼不好的时候;当我读到生母黛芙和外婆都祝福特洛伊成为一个魔法师的时候……我的心总会像晒过春日暖阳的花朵一般柔软而芬芳起来。

我也不禁会想,当科尔心中沸腾的不再是仇恨,而是来自巴尼一家的关爱时,他的生活会变得不一样吧?而胸怀里装满善意的、那个想要改变世界的特洛伊,今后又会如何呢?

如果说魔法是个会发光的容器,那么盛于其中的是愤怒、控制和怨恨,还是善意、温暖和爱,容器所透发的光芒,必然是不一样的,对吗?

是的,合上这本书的时候,我终于知道在我内心深处与恐惧拔着河的那另一股力量是什么了。我想,你一定也知道了。

爱是最神奇的魔法。不仅神奇,甚至可以称为伟大了。

【话题设计】

1.很多文学作品中都有继母的形象,例如白雪公主的继母、灰姑娘的继母等。克莱尔是巴尼的继母,这个继母与你在其他文学作品中读到的继母形象有什么不同之处呢?

2.在这个故事里,我们可以读到巴尼不止一次地表达了对继母克莱尔的爱,既然他这么喜欢和信任克莱尔,一开始为什么不把被"幽灵"缠上的事告诉克莱尔呢?

3.巴尼曾经有好几个幻想朋友,你有过幻想朋友吗?如果有,说说你和你的幻想朋友是如何相处的吧!

4.阅读第8章"被恐惧融化",在经历了被"幽灵"缠身的几日后,是什么让巴尼兴高采烈,又可以笑出声来了?

5.魔法师科尔和特洛伊都向我们展现过魔法世界的样子。找到书中的这些片段,读一读,再说说你心中的魔法世界是什么样子的。

6.从科尔缠上巴尼,到科尔来到巴尼家后一切真相大白,巴尼经历了人生中格外难忘的五天。在你的生命中,有没有这样难忘的几天?在这几天里发生了什么?和你的同伴聊一聊吧!也许也能成为一个扣人心弦的故事呢!

7.作者特别擅于营造气氛,从故事一开头巴尼听到一个恐怖的声音,到他去外婆家看到了照片上莫名出现的花体字,再到从镜子里看到自己的眼睛里出现另一个人……恐怖的气氛时时在弥漫,画张流程图,看看作者是如何一步步地将读者带入神秘莫测、恐怖、未知的魔法世界的。

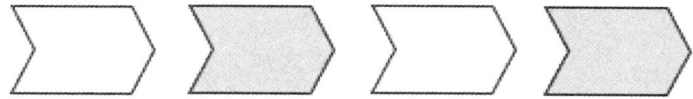

8."特洛伊是个魔法师"这个事实,你是读到最后才知道的吗?还是之前就隐约有所察觉?作者其实埋下了许多伏笔,比如她和太外婆一样也很爱整理,比如科尔叔公来到家里时感到了一股不是来自巴尼的电流……去找找作者透露给你的其他隐秘信号吧!

9.同为魔法师的母亲,科尔的母亲和特洛伊的亲生母亲在面对自己的孩子是魔法师这件事上表现出了哪些不同?你认为这两种截然不同的态度对科尔和特洛伊的性格、人生分别造成了什么样的影响?

10.假如你有魔法,你会用它来做些什么?会像特洛伊一样想要转动地球,改变世界吗?又或者像克莱尔认为的那样,"人生中还是要留一些惊喜",魔法还是少用为好?来聊聊你对魔法的看法吧!

【延伸活动】

★学做"语言大师"

本书的作者玛格丽特·梅喜是一位不折不扣的语言大师。她非常擅长使用比喻句和情境式的描写。她的语言充满了诗性,读来令人深深喜爱。

例如书中的巴尼觉得他的想法"就像不同颜色的车在山路上拐来拐去,有的在向前进,有的在往后退,平时看不到它们,但到了一定的时间就会在某条特定的路上出现"。

巴尼在描述科尔叔公的时候这样说道:"他太奇怪、太恐怖了……就像黑暗,或者是一个山洞想要跟你做朋友。嗯,就是那种感觉,就像一个山洞在那里等着你,你不得不走进去,然后就再也出不来了。"

这些句子都给人一种特别鲜活、特别形象的感觉,它们能引起读者的共鸣,并且很有画面感。类似这样的句子书中还有很多,快找几句读一读、抄一抄吧!你也可以尝试着自己来写——细致地感受生活是写好这种句子的法

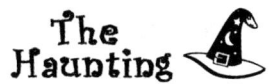

宝之一哟!

★记住独特的人物

无论是被视为"巫婆"的太外婆,还是巴尼的两个姐姐,抑或巴尼的几位叔公……这本书里的每个人物,都有着鲜明的特征。你能迅速猜出文字描述的是哪个人物吗?你自己也可以试着来出题哟!

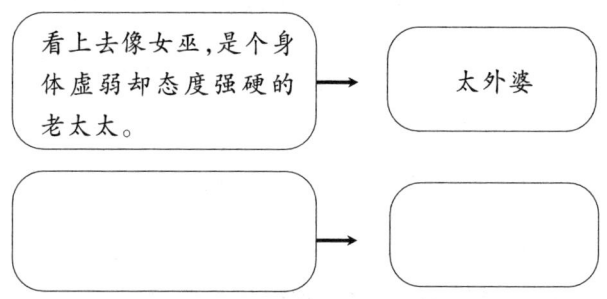

★寻找"爱"的证据

巴尼的家是个温暖的家。在这个家里,几名家庭成员虽然性格迥异,却都深深地爱着彼此。无论是继母与三个孩子、继母与父亲,或者是三个孩子之间,"爱"都是他们生活中的主题词。请你去字里行间搜索"爱"的证据吧!

★创作全新的故事

有了巴尼一家的关心和爱,科尔今后的生活会发生什么改变呢?斯高乐家族或者帕尔默家族今后还会出现新的家族魔法师吗?选择一个有趣的话题,你也来创编一个全新的故事吧!

【写给爸爸妈妈的亲子共读建议】

在读完这个故事后很长的一段时间里,"做一个什么样的母亲"这个问题一直盘旋在我的脑海里。

巴尼的母亲在生他的时候去世了,这个失去了母爱的孩子,一直生活得隐忍而懂事。为了不给爸爸添麻烦,

他隐瞒了盖恩斯太太对他不好的事实，默默承受着本不该是他这个年龄的孩子所能负担的沉重。

老天爷眷顾他，让克莱尔来到他身边。继母无私地爱着巴尼，她到来之后，巴尼甚至不需要幻想朋友的陪伴了。在巴尼经历"幽灵"事件的整个过程里，克莱尔虽然怀着身孕，马上就要拥有自己的宝宝，却丝毫不影响她坚强而勇敢地守护着巴尼，为他驱赶所有的困扰。

这位继母真的应该得到全世界的赞美。她呵护着巴尼摇摇欲坠的安全感，支持着塔比瑟想当小说家的梦想，在得知特洛伊是个魔法师后，她让特洛伊"别对自己那么苛刻"——她爱着三个孩子，也爱着三个孩子的不同。

是的，每个孩子是不同的。

巴尼的几位叔公，性格就是迥异的。但有着一个控制欲太强的母亲，几位叔公幸福吗？科尔被迫出走，颠沛流离不说，心理也不健全，唯一能跟他说上话的巴纳比去世后，他也濒临崩溃；另外几位叔公呢，则被"修剪"成了统一的模样，在母亲的"统治"下，"秩序"变成了这个家最严苛的规则,也成了孩子们人生悲剧的源头。

一则西方寓言这样写道:

即将到人间去的孩子担心自己得不到照料,上帝告诉他:"会有一位天使替我保护你。"孩子问:"她叫什么?"上帝说:"你可以叫她'妈妈'。"

妈妈,她是我们的铠甲,似乎强大到可以打败一切艰难困苦、妖魔鬼怪;她也是我们的软肋,每当想起她,心里都会无比柔软。

我希望我的三个孩子,将来也会这样说。

我和我的孩子一起读了这个故事,除了沉浸在悬疑的层层推进里,除了一同感叹家庭温暖有多重要,我还跟孩子聊了这些话题——

亲爱的孩子,你希望自己有魔法吗?假如魔法可以选择,你最想选择一种怎样的魔法?除了魔法,你认为还有什么可以改变世界?

巴尼在很多方面跟科尔很相似,但决定他们命运不同的最关键因素是什么呢?科尔今后常常会来巴尼家了,

你觉得他生活在这个家中，会让他的性格产生什么样的变化呢？

孩子,如果你愿意,偷偷告诉我,你有幻想朋友吗？幻想朋友一定为你做了许多事,这当中有什么是妈妈也能为你做的吗？妈妈非常乐意为你效劳。

当然,如果孩子读完这本书还不想和你聊些什么,也别着急,也许是有些什么新的魔法在他脑海里正在生根发芽。孩子的魔法世界总有一天会对我们开放的,只要你有门票。

你瞧,门票上写着:陪伴、等待、包容、接纳。